Birgit Schmidt (Hrsg.)

ES GESCHAH HIER UND ANDERSWO

Birgit Schmidt (Hrsg.)

ES GESCHAH HIER UND ANDERSWO

Kurzgeschichten
von

Birgit Schmidt

Jenny Canales   Sylvia Schwietering

Bibliografische Information der Deutschen Nationalbibliothek
Die Deutsche Nationalbibliothek verzeichnet diese Publikation
in der Deutschen Nationalbibliografie, detaillierte bibliografische
Daten sind im Internet über http://dnb.dnb.de abrufbar

Coverfoto und Umschlaggestaltung:
Christoph Woloszyn   www. fotoart-chw.de

©2019   Birgit Schmidt,   Gelsenkirchen
Herstellung und Verlag : BoD - Books on Demand,
Norderstedt

ISBN: 9783748173885

Inhalt

Sylvia Schwietering

Vorwort

Zwei Schwestern wollen sich nach vielen Jahren der Trennung an einer Grenze wieder treffen, ein Mädchen entdeckt durch Zufall, dass sie als Baby gestohlen wurde, eine Mutter will nicht wahrhaben, dass ihr Sohn ein Verbrecher ist und eine Hochstaplerin wird entlarvt. Eine Frau muss sich in einer völlig anderen Kultur zurechtfinden, und ein junges Mädchen ist gezwungen, sich ganz allein um ihr Baby zu kümmern. Was passiert einer Frau auf einem Waldspaziergang und wie bereitet man sich auf seine große Moderation vor?

Diese und viele weitere Geschichten in der Anthologie »Es geschah hier und anderswo« erzählen von Erlebnissen und Schicksalen verschiedener Frauen, die in der ganzen Welt beheimatet sind. Mal spannend und dramatisch, mal amüsant und erheiternd, bisweilen nachdenklich oder schmerzlich, manchmal auch politisch – die geneigten Leser und Leserinnen werden von den drei Autorinnen in ganz unterschiedliche Welten und Stimmungen entführt.

Lassen Sie sich überraschen!

Ein Buch nicht nur für Frauen...

Birgit Schmidt
Herausgeberin

7

Birgit Schmidt

Achtunddreißig

»Wenn du diesen Brief liest, dann hat sich mein letzter und sehnlichster Wunsch nicht erfüllt.

Meine liebe Tochter, ich schreibe dir heute diese Zeilen, damit meine Geschichte nicht vergessen wird. Als wir 1930 geboren wurden, stand unser schönes Land Hanguk[1] noch unter der Herrschaft des japanischen Kaisers. Mutter gab mir den Namen Yena, Sternschnuppe, und meiner Schwester, die wenige Minuten nach mir das Licht der Sonne erblickte, den Namen Yerin, die Gutes bringt. Wir wuchsen behütet auf, bis der Zweite Weltkrieg begann. Die große Hoffnung, dass nach der Kapitulation Japans unser Land endlich frei sein würde, erfüllte sich nicht. Nachdem in der Vergangenheit erst Mongolen, dann Chinesen und schließlich Japaner über uns geherrscht hatten, teilten jetzt die Siegermächte unser Land in zwei Zonen auf. Die Sowjetunion besetzte den Norden, die USA den Süden, und der 38. Breitengrad markierte die Grenze. Nach dem Krieg führten unsere Eltern ein kleines Geschäft für Seide in Seoul und wir kamen so leidlich über die Runden. Rhee Syng-man kehrte aus seinem amerikanischen Exil zurück, übernahm bei uns im August 1948 von den USA die Regierungsgeschäfte und proklamierte die Republik Korea. Vier Wochen da-

---

[1] Hanguk = Eigenbezeichnung Südkoreas

rauf verkündete Kim Il-Sung im Norden die demokratische Volksrepublik Korea. Rhee wollte unser Land vereinen, doch die USA unterstützten ihn nicht bei seinem Vorhaben und rüsteten unsere Armee nicht mit schweren Waffen aus. Die Hoffnung auf Ruhe und Frieden zerstörten die nordkoreanischen Truppen am 25. Juni 1950, als sie die Grenze nach Süden überschritten. Unsere Soldaten waren ihnen schutzlos ausgeliefert, und nur drei Tage später eroberte die Armee des Nordens Seoul und Umgebung. Wie viele andere mussten wir fliehen und unser Geschäft im Stich lassen.

Ich erinnere mich noch gut an jenen Morgen, an dem wir bei Tagesanbruch mit den Eltern durch das Fenster des Wohnzimmers, das nach hinten zum Garten hinaus führte, flüchteten, während die Soldaten an die Haustür hämmerten. Wir hasteten durch den Garten, in dem der Tau des Morgens das Gras in den ersten Sonnenstrahlen glitzern ließ. Von überall kamen die feindlichen Soldaten, die doch eigentlich unsere Brüder waren. Wir rannten über die angrenzenden Grundstücke, rutschten eine Böschung hinunter und liefen Richtung Reisfelder. Wir sahen uns nicht um, sondern eilten immer weiter, so schnell wir konnten. Vater voraus, Mutter dahinter, dann meine Schwester und ich. Schon als kleines Kind konnte ich schneller laufen als sie, so blieb Yerin langsam immer weiter hinter mir zurück. Als ich mich irgendwann traute, mich nach ihr umzusehen, packten sie gerade zwei Soldaten. Ich schrie: »Mutter, sie haben Yerin!« Mutter warf nur einen kurzen Blick zurück und rief: »Komm weiter, schnell!« Vater, der schon hundert Meter vor uns lief, winkte: »Hier rüber.« Mein Herz machte einen Sprung und ich zögerte, doch Mutter rief: »Sieh nicht zurück, sonst fassen sie uns auch.« Wir rannten um einen mit niedrigen Büschen bewachsenen Hügel und hinab zum Fluss, dessen ruhige Wasseroberfläche friedlich in der Sonne schimmerte. Am Flussufer gab es unzählige Höhlen, die sich weit in die Hügel hineinzogen und in denen wir als Kinder immer Verstecken gespielt hatten. Jetzt fanden wir in einer dieser Grotten Zuflucht. In jenem Moment ahnte ich noch nicht, dass ich meine Schwester nie wiedersehen sollte.

Die folgenden Tage und Wochen blieben wir immer in Bewegung. Vater bestimmte, wann wir den Unterschlupf verließen und wohin wir gingen. »Wenn wir unsere Verstecke täglich wechseln, finden sie uns nicht so leicht.« Er sollte Recht behalten. Meinen Einwand, wir müssten umkehren und nach Yerin suchen, überging er. »Wir können ihr nur helfen, wenn wir selbst in Sicherheit sind. Fassen sie uns, sind wir alle verloren.« Mutter sagte kein Wort dazu, und dabei blieb es, wir sprachen nie wieder darüber. Drei Jahre dauerte unsere Flucht, drei Jahre, in denen Mutter immer mehr verstummte. Es war die schrecklichste Zeit meines Lebens. Am 27. Juli 1953 vereinbarten der Norden und der Süden einen Waffenstillstand. Wie zum Hohn angesichts fast einer Million gefallener Soldaten und drei Millionen getöteter Zivilisten stellte er den Zustand vor dem Krieg wieder her. Er ist auch am heutigen Tage, an dem ich diese Zeilen schreibe, noch gültig, einen Friedensvertrag haben wir immer noch nicht.

Viele Jahre vergingen, bis ich durch einen Zufall erfuhr, dass meine Schwester im Norden noch lebte. Unsere Eltern waren bereits zu ihren Ahnen gegangen. Es dauerte lange, bis die Regierungen beider Länder endlich Treffen zwischen Familienangehörigen vereinbarten. Ich meldete mich sofort und bekam eine Nummer für die Lotterie zugewiesen. 132000 Landsleute nahmen über die Jahre seither daran teil. Wird die eigene Nummer gezogen, hat man genau diese eine Chance, seinen Lieben zu begegnen, niemand darf ein zweites Mal seine Verwandten treffen. Unzählige Male hatte ich Pech bei der Verlosung, doch in diesem Jahr, da ich 88 Jahre alt geworden bin, wurde meine Nummer endlich gezogen. Die 38. Die Zahl, die der Grenzlinie zwischen unseren Staaten entspricht. Ich sah es als gutes Omen an. Ich sollte mich täuschen.

Wir fuhren mit mehreren Bussen zur Amtsstube der südkoreanischen Einwanderungsbehörde, an der Grenze in Goseong. Streng dreinschauende Beamte überprüften unsere Dokumente sorgfältig, dann ging es weiter in die entmilitarisierte Zone an der Grenze. In der nordkoreanischen Region Kumgang sollte in einer Ferienanlage im Diamantengebirge das Treffen stattfinden. Drei Tage hat man uns dafür Zeit gegeben.

Wir, die wir alle mehr als siebzig Jahre, nicht wenige mehr als neunzig Jahre alt sind, kamen erschöpft an, doch wie alle war ich voller Vorfreude. Mein Herz klopfte, ich konnte es kaum erwarten, meine Schwester wiederzusehen. Nacheinander riefen sie alle Namen auf und brachten uns zusammen. Alle, nur mich nicht. Ein Offizieller der nordkoreanischen Gruppe kam auf mich zu und teilte mir mit, dass meine Schwester auf dem Weg zum Hotel verstorben sei. Kein Wort des Bedauerns, keine Anteilnahme, nur eine nüchterne Feststellung. Während dieser drei Tage, an denen die anderen sich über das Wiedersehen freuen, versuche ich, meine Gedanken zu ordnen und habe mich entschlossen, diesen Brief zu schreiben.

Ich weiß, mir bleibt nicht mehr viel Zeit und daher möchte ich meine Geschichte nicht der Vergessenheit preisgeben. Ich werde es nicht mehr erleben, aber ich gebe die Hoffnung nicht auf, dass eines Tages unser schönes Land wieder eins sein wird und Verwandte und Freunde sich ganz normal besuchen können. Ich wünsche mir, dass du, meine liebe Tochter, oder deine Kinder irgendwann in einem vereinten Korea leben werden.«

Sook strich zärtlich über die zwei Seiten, die mit einem feinen schwarzen Filzschreiber in gestochener koreanischer Schrift eng beschrieben waren. Sie bemerkte nicht, dass ihr Mann hinter ihren Stuhl getreten war. Er legte seine Hände auf ihre Schultern.

»Du weinst? Was hast du da für einen Brief?«

Sie faltete das dünne Papier vorsichtig zusammen und legte es behutsam in ein mit filigranen Pinselstrichen bemaltes Holzkästchen. »Er ist von meiner Großmutter Yena. Er lag in dieser Schatulle, die wir nach Mutters Tod in ihrem Kleiderschrank gefunden haben.«

»Und? Was steht drin?«

»Es ist die Geschichte von ihr und ihrer Zwillingsschwester.«

»Sie hatte eine Zwillingsschwester? Das wusste ich gar nicht.«

»Ich auch nicht. Mutter hat es mir nie erzählt. Die Schwestern wollten sich im Jahr 2018 an der damaligen Grenze treffen, doch ihre Schwester Yerin ist auf dem Weg dorthin verstorben.«

»Das ist tragisch, dass sie sich nicht mehr gesehen haben. Wenn ich mir vorstelle, wie die Grenze viele Familien jahrzehntelang getrennt hat.«

»Ja, ein trauriges Kapitel. Was haben wir heute für ein Glück, dass unser Land endlich wiedervereinigt ist.«

Bloody Sunday

Letzte Nacht träumte ich wieder von unserem Haus. Es lag friedlich in der Mittagssonne und zwei süßlich duftende Magnolienbäume beschatteten die leicht windschiefe Veranda mit dem blassblauen Dach. Pa hatte es mit den eigenen Händen erbaut, kurz bevor mein älterer Bruder Jim geboren wurde. Vaters Freunde hatten ihm dabei geholfen, das Dach und die Veranda mit dem Vordach zu zimmern. So war es damals bei uns in Selma. Freunde und Nachbarn halfen einander, beim Hausbau, bei der Ernte und auch sonst. Wir hielten zusammen, feierten gemeinsam, trauerten vereint.

In meinem Traum war ich wieder das kleine siebenjährige Mädchen, das sang und mit einer Zuckerstange in der Hand die staubige Curtis Street hinunter tanzte bis in unserem Vorgarten, den Ma hegte und pflegte. Ma arbeitete als Lehrerin an der hiesigen Elementary School und alle Kinder hatten sie ins Herz geschlossen. Sie liebte es, am Abend nach verrichteter Arbeit im Schaukelstuhl auf der Veranda zu sitzen und mit den Nachbarn noch ein Schwätzchen zu halten, während wir Kinder auf der Straße Verstecken oder mit Murmeln spielten, bis die Sonne unterging.

Jene Tage der Ruhe und Idylle nahmen im Mai 1963 ein jähes Ende. Ich weiß noch genau, wie Pa an einem sonnigen Sonntagvormittag zu der Trauerfeier von Sam Boynton ging. Sam und seine Frau Amelia hatten schon seit ein paar Jahren in Dallas County dafür gekämpft, dass wir Schwarze uns als Wähler registrieren lassen konnten. Leider war Sam nach einem Herzanfall früh von uns gegangen, aber viele der Aktivisten, mit denen er seit Jahren zusammengearbeitet hatte, wollten auf seiner Totenfeier die Gelegenheit ergreifen, um vor einem größeren Publikum über ihre Ziele sprechen. An dem Morgen umstellte Sheriff Clark mit seinen Männern die Kirche, um die Feier und die Reden zu verhindern, doch Pa und seine Freunde ließen sich nicht einschüchtern.

Seitdem herrschte Krieg zwischen dem Sheriff und uns. In den folgenden Wochen und Monaten mussten wir entgegen unserer Gewohnheit abends die Haustüren verriegeln, denn Mitglieder des Ku-Klux-Klans zogen mit Fackeln durch die Straßen von Selma und schlugen jeden Schwarzen tot, den sie zu fassen bekamen.

Es brodelte nicht nur in unserer kleinen Stadt Selma, die auch der Verwaltungssitz von Dallas County in Alabama war, sondern im gesamten Süden. Fünf Monate später, im Oktober, marschierten Ma und Pa mit ihren Freunden zu einer Masseneinschreibung. Mehr als 350 Schwarze hatten sich auf den Weg gemacht. An diesem 7. Oktober brannte die Sonne glühend heiß vom wolkenlosen Himmel. Der Registrierungsausschuss, in dem natürlich nur Weiße saßen, verschleppte die Einschreibung viele Stunden. Meine Eltern mussten vom frühen Morgen bis zum späten Nachmittag in der prallen Sonne ausharren. Mittags brachte ihnen mein Bruder Jim Wasser und etwas Maisbrei zur Stärkung. Dafür wurden er und einige andere, die auch die Wartenden versorgen wollten, von Sheriff Clark und seiner Truppe mit Elektroschockern traktiert. Am Abend schleppten meine Eltern Jim mit allerletzter Kraft heim. Registrieren lassen konnten sie sich an dem Tag nicht, das hatten gerade mal 25 Personen geschafft. Zu Hause verarzteten wir meinen Bruder, beteten gemeinsam und schworen uns, niemals aufzugeben, egal, was man uns noch antun würde. Unser Schwur wurde auf eine harte Probe gestellt.

Im Sommer 1964 nahmen Ma und Pa einen neuen Anlauf, um sich für die nächste Wahl registrieren zu lassen. Sie brachen bereits bei Sonnenaufgang auf und ließen mich mit meinen beiden älteren Brüdern zuhause zurück. Wir vertrödelten den Tag mit einem mulmigen Gefühl im Magen und wunderten uns, dass die Eltern bis zum Abend noch immer nicht zurückgekehrt waren. Dann, es war schon dunkel geworden, klopften meine Freundin Lucy und ihre Mutter an die Haustür und berichteten mit aschfahlen Gesichtern, was am Tage passiert war. Als unsere Eltern und fast fünfzig andere Personen das Verwaltungsgebäude in Selma betreten hatten, nahm Sheriff Jim Clark sie kurzerhand fest, denn sie waren schwarz. So einfach war das damals. Farbige durften nicht wählen. Das heißt, nachdem Präsident Lyndon

B. Johnson den Civil Rights Act 1964 unterschrieben hatte, besaßen sie endlich das Recht dazu. Aber die Männer, die die Registrierungen vornahmen, dachten sich weiterhin allerlei Schikanen aus, um die schwarze Bevölkerung davon abzuhalten.

Lucy und ihre Eltern waren weiß und auf unserer Seite. Sie fanden es nicht richtig, dass diese Männer uns das Bürgerrecht des Wählens vorenthielten. Lucy und ihre Mutter brachten uns an diesem Abend selbstgebackenen Schokoladenkuchen und trösteten uns. Sie blieben beide zwei Nächte und zwei Tage bei uns, bis Clark und seine Männer Ma und Pa endlich freiließen. Von da an änderte sich zu Hause eine Menge.

In den folgenden Monaten marschierte Pa ständig zu irgendwelchen Versammlungen, die die Aktivisten im Geheimen abhielten. Drei oder mehr Personen durften sich nicht auf der Straße treffen, das hatte unser Gericht verfügt. Und der Sheriff und seine Schergen freuten sich diebisch, all die zu verhaften, die sich als dritte oder vierte Person irgendwem anschlossen. Natürlich aus purer Gemeinheit. Sie wollten verhindern, dass wir uns verabredeten, damals, als auf dem Land Telefone noch eine Seltenheit und das Internet Lichtjahre entfernt waren. Aber unsere Beine waren schnell und ausdauernd und unser Gedächtnis gut, und so liefen wir von Haus zu Haus und gaben die Informationen mündlich weiter. Dann bekamen meine Eltern und ihre Freunde Hilfe. Hilfe von Martin Luther King. Der arbeitete zu der

Zeit als Pfarrer in Montgomery, der Landeshauptstadt von Alabama. Er war nicht nur unser Führer der Southern Christian Leadership Conference, sondern der gesamten Bürgerrechtsbewegung. Sams Witwe Amelia Boynton hatte ihn und seine Organisation gebeten, ein Hilfsteam zu uns nach Selma zu schicken, um die Einschreibungen voranzutreiben.

Am 26. Februar 1965 starb Vaters Schulfreund Jimmy Lee. Pa fuhr mit ein paar anderen nach Marion, einer kleinen Stadt in Alabama, in der Jimmy Lee Jackson als Diakon der baptistischen Kirche arbeitete. Auf ihrem friedlichen Protestmarsch wurde Jimmy, obwohl er als Mann Gottes keine Waffen trug, von den Alabama State Troopers geschlagen und von dem Trooper James Bonard Fowler angeschossen. Vater schleppte den Freund mit der Hilfe von zwei anderen ins Hospital, doch Jimmy Lee erlag nach acht Tagen seiner Schussverletzung.

Jimmys Tod entzündete die Lunte. Wenige Tage später, am Sonntag, den 7. März 1965, wollten etwa 600 Menschen auf dem Highway 80 von Selma nach Montgomery marschieren. Ich stand mit meinen Brüdern Jim und Ben am Straßenrand und beobachtete gespannt den Zug der Schweigenden. Meine Eltern liefen in der dritten Reihe. Alle hatten sich reihenweise untergehakt und trugen keine Waffen. Vor der Edmund-Pettus-Brücke stoppte Sheriff Clark mit seiner Truppe die Marschierenden. Wir mussten tatenlos zusehen, wie die Polizisten unsere Leute niederknüppelten und mit Tränengas jagten. Sie kamen von rechts, von links, von überall. Ich kreischte. Sie trieben die friedlich demonstrierenden Menschen wie eine Horde Vieh vor sich her. Meine Brüder schrien. Ich weiß noch, wie einer der Troopers uns zurief »Lauft!« Wir rannten um unser Leben. Ein Officer zu Pferd schlug meine Mutter von hinten mit einem Knüppel erst auf den Rücken und dann auf die Hinterseite des Halses. Sie stürzte zu Boden, versuchte, sich wieder hochzurappeln, doch dann kam ein anderer und schlug sie auf den Kopf, bis sie endgültig am Boden liegen blieb. Er prügelte weiter auf sie ein, obwohl sie längst das Bewusstsein verloren hatte. Ich konnte nicht zu ihr durchkommen, um ihr zu helfen, da die Troopers auch all die niederknüppelten, die den Verletzten beispringen wollten. Getrieben von den brutalen Polizeischlägern flüchteten wir nach Hause und warteten dort zitternd auf Nachrichten von unseren Eltern. Erst tief in der Nacht kam Pa heim. Er blutete aus zahlreichen Wunden, sein Gesicht schmutzig und verschmiert von Tränen und Straßenstaub. »Eure Ma ist tot«, presste er heraus, »doch ich schwöre euch bei Gott, sie ist nicht umsonst gestorben.« In dieser Nacht und am folgenden Tag sprach er kein weiteres Wort. Wir Kinder saßen in der Nacht am Küchentisch eng beieinander und hofften, dass keine Troopers oder Ku-Klux-Klan-Schläger uns aus dem Haus schleppten. Wir wussten nicht, wie viele unschuldige Menschen die Polizei und die aufgebrachte rassistische Meute an jenem Tag verletzten oder

21

töteten, doch dieser schreckliche Tag blieb nicht nur unserer Familie als der blutige Sonntag ewig in Erinnerung. Unzählige Male wachte ich seitdem schweißgebadet des Nachts auf. Ich sehe Mutter auf der Straße liegen und ihr Blut färbt den Staub rot. Ich träume von den Schlägen, die meine Ma töteten.

Zwei Tage später, wir hatten Mutter noch nicht beerdigt, sagte Vater nur einen Satz: »Wir marschieren wieder.« Diesmal nahm er uns mit. Martin Luther King hatte alle Geistlichen des Landes aufgerufen, uns bei diesem zweiten Marsch zu unterstützen. Auch viele Weiße folgten seinem Ruf. Wir vier marschierten langsam mit den anderen zur Edmund-Pettus-Brücke. Dort wartete bereits Clarks Polizeitruppe mit angelegten Gewehren auf uns. King hielt einen Moment inne, kehrte dann um und alle folgten ihm schweigend und mit gesenkten Köpfen. Später schimpften Vater und viele seine Freunde, dass er aus Angst vor einer erneuten Eskalation einen Rückzieher gemacht hatte. Trotzdem gab es wieder einen Toten, doch der war diesmal weiß. James Reeb, ein Geistlicher, wurde von mehreren Rassisten mit Schlagstöcken angegriffen und geschlagen, als er nach dem Marsch mit Freunden Walker`s Cafe verließ. Zwei Tage später starb er an seinen Kopfverletzungen.

Reebs Tod ist der Wendepunkt, prophezeite Vater. Wie Recht er haben und was das für mich bedeuten würde, ahnte ich zu dem Zeitpunkt nicht im Entferntesten. Der Präsident kondolierte Reebs Witwe. Überall im Land hielten die Leute Mahnwachen ab. Man verhaftete vier Personen, ließ sie aber schnell wieder frei. Im April 1965 klagte man dann doch drei von ihnen des Mordes an. Die Zeugenaussagen belasteten sie schwer, doch die Jury bestand nur aus Weißen und es passierte das, was wir alle befürchteten. Sie wurden freigesprochen. Meine Wut über diese weiße Rechtsprechung wuchs mit jedem Tag und ich schwor mir, etwas dagegen zu tun.

Doch zuvor marschierten unsere Leute ein drittes Mal los und erreichten endlich Montgomery. Sie brauchten für die 86 Kilometer über den Highway 80 fünf Tage und vier Nächte. Und Vater behielt Recht. Diesmal wurden sie nicht geschlagen und gedemütigt, sondern von Soldaten der US-Army und der Nationalgarde geschützt. Dafür hatte der Präsident gesorgt. Noch viele Jahre später erzählte Pa mit leuchtenden Augen von dem großen Konzert am Abend, in dem Stars wie Harry Belafonte, Sammy Davies jr., Nina Simone und Tony Bennett auftraten und für unsere Freiheit sangen.

Ein Geräusch riss mich aus den Bildern der Vergangenheit. Linda, meine Sekretärin, stand in der Tür und räusperte sich. »Mrs. Hamilton.«

»Was gibt es, Linda?«

»Haben Sie noch was für mich? Wenn nicht, würde ich gern nach Hause gehen. Mein Mann hat heute Geburtstag.«

»Nein, alles gut. Machen Sie Feierabend, Linda. Und grüßen Sie Ihren Mann von mir.«

»Danke, Mrs. Hamilton. Und alles Gute für morgen.«

Sie stöckelte den Gang hinunter. Ich klappte die dicke Akte auf meinem Schreibtisch zu. Morgen früh um zehn würde ich das Abschlussplädoyer der Staatsanwaltschaft halten. Auf der Anklagebank saßen drei Ku-Klux-Klan-Mitglieder, alle über 90 Jahre alt. Doch Mord verjährt nicht. Auch nicht der an Schwarzen. Sie sollten ihre gerechte Strafe erhalten. Das war ich nicht nur meinen Eltern schuldig, sondern allen, die ihr Leben für die Gleichberechtigung gegeben hatten. Auf dem Weg nach Hause würde ich gleich noch ein paar Magnolien bei Macy`s Flowers and More kaufen und sie auf das Grab meiner Mutter legen. Sie hatte Magnolien über alles geliebt.

Das Haus Nummer 55

Am Abend meines fünfzehnten Geburtstags kehrte Mutter nicht mehr heim.

Der Zeiger der antiken Wanduhr rückte auf Mitternacht vor. Ich lugte zwischen den Gardinen auf die regennasse Straße, die die Straßenlaterne vor unserem Haus nur spärlich beleuchtete. Mutter arbeitete oft bis spät in dem winzigen Antiquitätengeschäft, das sie seit Vaters Deportation nach Bergen-Belsen ohne ihn führte. Doch so lange war sie noch nie ausgeblieben. Mit jeder Stunde, die verging, nagte die Angst stärker in mir.

Mein zehnjähriger Bruder Levi schlief in seinem Bett. Er wachte nicht auf, als jemand leise an die Wohnungstür klopfte. Ich öffnete die Tür einen Spalt. Die alte Frau Goldberg von gegenüber, die in ihrem graubraunen Regenmantel fast versank, blickte sich hastig um.

»Ich hoffe, es hat mich keiner verfolgt«, flüsterte sie und huschte in den Flur.

Ich schloss lautlos die Tür und sie fasste mich an den Schultern. »Sie haben eure Mutter verhaftet. Ihr müsst hier weg«, sagte sie heiser.

»Woher wissen Sie das?« Ich wollte nicht glauben, dass meine Befürchtungen wahr sein sollten.

»Mit den eigenen Augen hab ich gesehen, wie die Gestapo sie aus ihrem Laden gezerrt hat.« Tränen liefen über ihr faltiges Gesicht. »Schnell, packt ein paar Sachen. Lauft zum Haus Nummer 55 in der Leipziger Straße. Dort wird euch Herr Mannstein verstecken.«

Nach Vaters Verhaftung hatte Mutter mit uns viele Male diesen Notfall durchgespielt. Wie in Trance griff ich einen Koffer, packte Anziehsachen für Levi und mich, zwei Bücher und wenige persönliche Erinnerungsstücke hinein. Mutters Geburtstagsgeschenk, die silberne Kette mit dem ovalen Medaillon, das ein Foto der Eltern enthielt, legte ich mir mit zitternden Händen um. Dann weckte ich meinen Bruder.

»Levi, wach auf. Wir müssen fort. Sie haben Mutter verhaftet.«

Er sah mich mit großen Augen an und bekam kein Wort heraus. Ich half ihm beim Anziehen, knöpfte seine warme Jacke zu und setzte ihm die wollene Schirmmütze auf. Frau Goldberg schob ihn zur Tür.

»Beeil dich, Rachel«, sagte sie, »lösch das Licht. Niemand darf euch sehen.« Sie zog den Kopf ein und spähte durch den Haustürspalt auf die Straße. »Jetzt. Die Luft ist rein«, flüsterte sie. »Viel Glück. Ich habe mit Mannstein besprochen, dass ihr kommt.«

Wir mieden die Lichtkreise der Laternen und drückten uns in die dunklen Löcher der Hauseingänge. Ich trug den Koffer in der Rechten und hielt Levis Hand fest in der Linken. Nach einer knappen halben Stunde bogen wir in die Leipziger Straße ein und suchten das Haus mit der Nummer 55. Wir erblickten ein mehrstöckiges, mit reichlich Stuck verziertes Gebäude, in dessen Fenstern keine einzige Lampe brannte. Ich fasste den eisernen Türklopfer und zögerte. Mein Herz pochte, schließlich ließ ich ihn vorsichtig an die Tür fallen. Innen rührte sich niemand. Ich klopfte lauter. Jetzt hörten wir ein Schlurfen hinter der Tür. Es kam näher, dann öffnete sich die schwere Holztür langsam einige Zentimeter.

»Ja?« Der weißhaarige Mann im Morgenmantel über dem gestreiften Schlafanzug blinzelte.

Ich legte Levi den Arm um die Schultern und drückte ihn an mich. »Herr Mannstein?«

Der Alte nickte und leuchtete mit seiner Taschenlampe in unsere Gesichter.

»Mein Name ist Rachel Rosenblum. Das ist mein Bruder Levi. Unsere Mutter ist von der Gestapo verhaftet worden.«

Er winkte uns in den dunklen Korridor und schloss behutsam die Tür. »Frau Goldberg berichtete mir davon. Kommt, Kinder.« Er tappte zu einem Wandteppich, schob ihn beiseite und entriegelte die hölzerne Tür dahinter. Eine Treppe führte hinunter in den Keller. »Hier lang.« Mühsam stieg er hinab. Am Fuße der Stufen wies er auf die linke von drei Türen. »Hier ist es«, sagte er und öffnete sie. Wir sahen in einen fensterlosen spärlich möblierten Raum, der etwa zweieinhalb mal vier Meter maß mit einem kleinen Waschtisch rechts in der Ecke. Ich schaute mich suchend um.

»Die Toilette ist auf dem Flur«, sagte Mannstein und deutete auf einen niedrigen Zugang unter der Steige. »Versucht zu schlafen. Morgen früh bringe ich euch etwas zu essen.« Er zündete eine Kerze auf dem rechteckigen Holztisch an, auf dem auch ein Krug mit Wasser und ein Becher standen, und verließ das Zimmer.

Ich legte den Koffer auf das einzige Bett und verstaute unsere Kleidung in dem schmalen Schrank seitlich des Waschbeckens. In das Regal über dem Tischchen räumte ich die restlichen Habseligkeiten. Dort hatte Mannstein Kerzen und Streichhölzer deponiert. Levi zog sich aus und schlüpfte in den Schlafanzug. Er lag bereits im Bett, während ich mich ebenfalls entkleidete. Ich nahm ihn in meinen Arm und zog die Bettdecke bis ans Kinn. Obwohl es totenstill im Haus war, konnte ich lange nicht einschlafen.

In der Früh weckte uns ein Klopfen. Es pochte zweimal hintereinander, mit einem Ruck saßen wir senkrecht im Bett. Kurze Pause, danach nochmals zweimaliges Pochen. Mannstein öffnete die Tür und balancierte ein Tablett mit Milch, Brot und Käse zum Tisch.

»Guten Morgen Kinder«, sagte er, »habt ihr ein wenig schlafen können?«

Ich nickte. »Danke. Sehr freundlich von Ihnen.«

»Esst erst einmal etwas. Immer wenn ich komme, klopfe ich tok-tok, tok-tok. So wisst ihr, dass ich es bin. Verhaltet euch möglichst ruhig.« Er prüfte den Vorrat an Kerzen und Zündhölzern und ging wieder hinaus.

Wir fielen über das karge Mahl her, das uns wie ein Festschmaus vorkam. Den größten Teil des Tages verbrachten wir in einem unruhigen Dämmerzustand. Später brachte uns Mannstein einen Teller Graupensuppe. An diesem 6. Oktober 1944 flog die britische Luftwaffe in den Abendstunden einen so schweren Angriff, dass wir im Bett erzitterten und die ganze Nacht wach blieben.

Die nächsten Tage vergingen quälend langsam. In dem fensterlosen Kellerraum mit seinen dicken Mauern hörten wir nur wenige Laute aus dem Haus und von der Straße. Wir erschraken jedes Mal, wenn es an der Tür klopfte. Mannstein versorgte uns neben den Mahlzeiten auch mit Büchern. Um das Gefühl für die Zeit nicht zu verlieren, bat ich ihn um Papier und Bleistift. So konnte ich ein Tagebuch zu führen. In der fünften Nacht schreckte ich aus dem Schlaf hoch. Vor unserer Tür flüsterten mehrere Menschen. Ich lief barfuß zur Tür und lauschte mit klopfendem Herzen.

»Haben Sie Ihre neuen Dokumente eingesteckt?« Das war eindeutig Mannstein.

»Ja, haben wir.« Die Stimme eines Mannes.

»Danke für alles.« Eine Frauenstimme. »Das werden wir Ihnen niemals vergessen.«

»Viel Glück. Gott beschütze Sie«, sagte Mannstein. Dann knarrte die Treppe.

Ich drückte die Klinke lautlos herunter und öffnete die Zimmertür einen winzigen Spalt. Mannstein stieg gerade die Kellertreppe hinauf, ein Mann und eine Frau mit kleinen Koffern folgten. Die Tür zu dem Raum neben unserem Versteck stand offen. Als die drei oben die Haustür erreichten, sprang ich hinüber und blickte hinein. Es war genauso möbliert wie unseres. In diesem Moment kehrte Mannstein zurück. Ich erschrak und fürchtete, er könnte böse werden.

»Na Mädchen, wolltest du nachschauen, wer nebenan wohnt?«

Ich sah ein leichtes Lächeln in seinem Gesicht und fasste mir ein Herz. »Haben Sie den beiden neue Papiere besorgt?«

Er nickte. »Sie versuchen, damit nach England zu kommen.«

»Können Sie für uns nicht auch welche besorgen?«

Er wiegte den Kopf hin und her. »Es wird von Tag zu Tag schwieriger. Die Spitzel der Gestapo sind überall. Ich muss sehen, was ich machen kann.«

Am nächsten Morgen half ich ihm, das freigewordene Zimmer zu putzen und für Neuankömmlinge wieder herzurichten.

»Wie lange verstecken Sie die Menschen hier?«

»Mitunter ein paar Tage, gelegentlich auch Monate«, sagte er. »Die beiden von letzter Nacht blieben fast ein Jahr.«

»Und wie viele Leute haben Sie bisher versteckt?«

Er überlegte. »Es müssten um die dreißig sein.«

Ich sah ihn an. Eine Frage lag mir noch auf der Zunge.

»Warum tun Sie das? Sie sind doch kein Jude?«

Er schaute mich lange an. »Das ist das Mindeste, was ich zu tun vermag.«

»Sie könnten auch verraten werden.«

Er nickte. »Ich weiß. Aber der alte Mannstein kann in den Spiegel schauen, mein Kind. Jeden Tag.« Er drehte sich um und stieg langsam die Treppe hinauf.

Wochen und Monate vergingen. Die Alliierten verstärkten ihre Luftangriffe. Das Haus Nummer 55 bot vielen Menschen eine Zuflucht. Levi und ich warteten. Irgendwann erschreckten uns Mannsteins Klopfzeichen an der Tür nicht mehr. Im Gegenteil. Wir freuten uns, wenn er kam, obwohl seine Nachrichten von der Welt draußen uns nicht ermutigten. Die Zahl der Toten und der zerstörten Häuser wuchs täglich. Er erzählte uns, dass er die anderen Gäste, wie er die Verfolgten nannte, immer fragte, ob sie uns mitnähmen. Doch alle hatten Angst. Keiner nahm uns mit. Jedes Mal machten wir uns Hoffnung, stets blieben wir enttäuscht zurück. Obschon- ich konnte sie verstehen. Die Flucht war für jedermann höchst gefährlich. Wer wollte sich da mit zwei Kindern, die nicht einmal die Eigenen waren, belasten?

Langsam fühlten wir uns im Keller Zuhause. In der ersten Zeit vermisste Levi noch die Spielkameraden. Nach und nach entwickelte er sich zu einer Leseratte. Er verschlang jeden Abenteuerroman, den Mannstein ihm brachte. Ich las Kästner, Heinrich und Thomas Mann, Tucholsky, Remarque, Heine und viele weitere, die auf den schwarzen Listen standen und die Mannstein wie seinen Augapfel hütete. Darüber hinaus schrieb ich meine Gedanken nieder. Lesen und Schreiben machten keinen Krach und konnte uns niemand nehmen. Die anfänglich bohrende Angst wich nach einer Weile einem unterschwelligen Beklemmungsgefühl. Wir sehnten uns nach dem Tageslicht und hofften inständig, dass der Bombenhagel unseren Unterschlupf verfehlte.

Am Abend des siebten März 1945 hämmerten Männer an die Tür und zerrten Mannstein auf die Straße. Wir zogen die Schlafdecke schlotternd über die Köpfe, da wir fürchteten, die Nächsten zu sein. Draußen klappten Autotüren. Dann fuhr ein Wagen mit quietschenden Reifen davon. Wir warteten die ganze Nacht. Bangten, dass die Gestapo zurückkehrte, um uns zu holen. Aber sie kam nicht.

Erst gegen Mittag trauten wir uns am folgenden Tag aus dem Versteck. Hunger und Durst trieben uns aus dem Kellerraum. Wir schlichen die Treppe auf Zehenspitzen hinauf, erschraken, dass die Tür zum Erdgeschoss laut knarrte. Erwarteten, dass jeden Moment dunkle Gestalten uns verhafteten. Doch außer uns hielt sich niemand im Haus auf.

»Was machen wir jetzt bloß?« Levi sah mich mit weit aufgerissenen Augen an.

»Wir gucken zunächst mal in die Kochstube, was zu essen da ist.«

Die Speisekammer neben der Küche barg erfreulicherweise ausreichend Vorräte.

»Schau mal, davon können wir eine ganze Weile leben«, sagte ich zu Levi und schmierte erst einmal ein paar Käsestullen.

Nachdem wir gegessen hatten, fühlten wir uns besser. Wir wanderten durch das Haus und schauten uns respektvoll in jedem Zimmer um. Besonders bewunderten wir die riesige Bibliothek. Am Abend wärmte ich etwas von der vorgekochten Linsensuppe auf. Zur Nacht gingen wir wieder in »unseren« Kellerraum. Wir hätten das große Schlafzimmer nehmen können, aber in unserem Versteck fühlten wir uns sicherer.

In den darauffolgenden Tagen verstärkten die alliierten Streitkräfte nochmals ihre Bombenangriffe. Sie schienen von allen Seiten anzugreifen. Nächtelang konnten wir nicht mehr schlafen, da uns die Sirenen und Bomben wachhielten. Wir hofften und beteten, dass der Krieg bald zu Ende ginge.

Am 21. April trat unvermittelt eine gespenstische Stille ein. Wir wussten nicht, was sie bedeutete. Levi saß am Tisch und zitterte.

»Glaubst du, sie holen uns jetzt, Rachel?«

Ich legte den Arm um seine Schultern und drückte ihn fest an mich. »Wen meinst du?«

»Die Gestapo. Oder der Ami. Oder wer auch immer.«

»Ich weiß es nicht, Levi. Wir müssen abwarten, was anderes können wir nicht tun.«

»Wenn doch Mami da wäre.« Er schluchzte.

»Wir schaffen das. Und wenn der Krieg vorbei ist, suchen wir unsere Eltern.« Ich hoffte, dass meine Stimme ihn überzeugte.

»Sollen wir nicht eine weiße Fahne heraushängen?«

Ich schüttelte den Kopf. »Besser nicht, die NS könnte uns entdecken und exekutieren.«

»Aber falls wir uns nicht ergeben, werden uns die Amis erschießen, nicht?« Levi rüttelte an meinen Schultern. »Sag doch, Rachel, was sollen wir machen?«

Wir sahen uns an. Egal, ob wir uns versteckten, oder ergaben, es konnte falsch sein. Levi wurde minutenlang von Weinkrämpfen geschüttelt. Ich drückte ihn an mich und versuchte, ihm Halt zu geben. Viele Stunden saßen wir eng umschlungen in einer Art Starre. Bis der eiserne Klopfer dreimal gegen die Haustür schlug. Dann ein Krachen, und die Haustür flog auf. Schwere Stiefel polterten durchs Haus. Wir schlugen die Hände vor die Augen.

»Wer ist das?« hauchte Levi.

»Weiß nicht.« Die Worte blieben fast in meinem Hals stecken.

Wir starrten auf die Zimmertür und hielten den Atem an. Jemand drückte die Türklinke herunter. Ein Hüne in amerikanischer Uniform stand breitbeinig mit einer Maschinenpistole im Anschlag in der Türöffnung. Sein schwarzes Antlitz schaute ernst, doch als er in unsere ängstlichen Gesichter blickte, senkte er die Waffe, lächelte und entblößte zwei Reihen strahlend weißer Zähne.

»Hi Kids. Keine Angst« Er kam drei Schritte auf uns zu.

Ich fasste allen Mut zusammen. »Mein Name ist Rachel Rosenblum. Das ist mein Bruder Levi.«

Er legte den Kopf schief. »Ihr seid Juden?«

Ich nickte. Levi klammerte sich immer noch an mich.

Der Soldat zog aus seiner rechten Hosentasche Schokolade hervor und hielt sie uns hin. »Hier. Für euch. Der Krieg ist vorbei.«

Zögernd ergriff ich die Schokolade und gab sie Levi.

»Wohnt ihr allein in diesem Haus, Kids?«

Ich senkte den Kopf. »Die Gestapo hat Vater vor zwei Jahren und Mutter vor sieben Monaten verhaftet. Seitdem verstecken wir uns hier.«

»Verstehe. Hier könnt ihr nicht bleiben. Nehmt eure Sachen. Ich bringe euch in Sicherheit. Dann versuchen wir, herauszufinden, ob eure Eltern noch leben und wo sie sich aufhalten.«

»Wir müssen gleichfalls nach Herrn Mannstein forschen.«

»Mannstein? Wer ist das?«

»Er hat uns hier versteckt, nachdem wir allein waren. Dies ist sein Haus. Vor sechs Wochen wurde er ebenfalls festgenommen.«

»Okay, das machen wir. Kommt jetzt.«

In wenigen Minuten hatten wir unsere Habseligkeiten in den Koffer gepackt. Levi und ich kletterten hinter ihm die Kellertreppe hoch. Das Eingangsportal stand sperrangelweit offen. Wir traten hinaus auf die Straße. Nach Monaten im dunklen Keller erblickten wir wieder das Sonnenlicht und fühlten die Wärme des Frühlings auf unserer Haut. Draußen jubelten viele Menschen.

In diesem Moment fühlte ich, dass eine neue Zeit begann.

Das vierte Baby

Seit sechs Wochen ging das jetzt schon. Jeden Morgen stampfte Kathrin mit schwereren Schritten ins Büro und fürchtete, dass sie zu spät kam. Dass wieder ein Baby in ihrer Stadt in der Nacht zuvor ausgesetzt worden war und es diesmal die Nacht nicht überlebt hatte, weil sie oder jemand anderes es nicht rechtzeitig gefunden hatte. Sie war felsenfest überzeugt, dass es jetzt passieren würde. Vielleicht heute Nacht. Oder morgen. Oder nächste Woche. Draußen färbten sich die Blätter bereits rot und gelb und die Spinnen woben kunstvolle Netze zwischen den verblühten Rispen der Gräser und in den Zweigen der Büsche. Erste Nebel hingen frühmorgens über den Grünflächen im Stadtpark.

Immer im Spätsommer in den vergangenen drei Jahren hatte jemand ein Neugeborenes nur wenige Stunden nach dessen Geburt abgelegt. Beim ersten Mal sorgfältig eingewickelt in eine rosabeige Baumwolldecke mit putzigen Entenbildern. Das Jahr darauf lieblos eingehüllt in ein blutverschmiertes weißes Bettlaken, das offensichtlich als Unterlage bei der Entbindung gedient hatte. Im letzten Jahr notdürftig bedeckt von einer goldfarbenen Rettungsfolie aus dem Verbandskasten eines Autos.

Die winzigen Bündel waren unter freiem Himmel schutzlos ausgesetzt worden. An einer Bushaltestelle. An einer Eingangstreppe von einem Einfamilienhaus. An einem Taxistand. Offensichtlich hatte die Mutter, oder wer auch immer es war, darauf gehofft, dass jemand die hilflosen Wesen rechtzeitig fand, bevor sie an Hunger, Durst oder Unterkühlung starben. Gott sei Dank waren die Nächte schwül-heiß gewesen bis weit in den September. Wie durch ein Wunder überlebten alle drei Babys.

In diesem Frühjahr hatte Kathrin an einem verregneten Wochenende die Aktenstapel mit den offenen Fällen durchgesehen und entdeckt, dass alle drei Babys Mädchen und zudem noch Geschwister waren. Seitdem wuchs täglich ein Fieber in ihr, diesen ungewöhnlichen Fall aufzuklären. Diejenige Person zu finden, die sich schuldig gemacht hatte nach Paragraf 221 des Strafgesetzbuches. Kindesweglegung. So nannte man dieses Gefährdungsdelikt, wenn jemand einen Menschen in eine hilflose Lage versetzte oder ihn in einer solchen pflichtwidrig im Stich ließ, ihn hierdurch in die Gefahr des Todes oder einer schweren Gesundheitsschädigung brachte und es sich dabei um das schutzloseste und unschuldigste aller Lebewesen, ein Neugeborenes, handelte. Freiheitsstrafen von drei Monaten bis fünf Jahren verhängten Richter für dieses Vergehen.

Aber an Bestrafung mochte Kathrin jetzt nicht denken. Sie wollte verstehen, was die Mutter dazu veranlasst hatte, dreimal diesen schrecklichen Schritt zu gehen, und vor allem wollte sie rechtzeitig zur Stelle sein, wenn sie es wieder tun würde. Eigentlich ein Ding der Unmöglichkeit in einer großen Stadt.

Aber Kathrin wollte nichts von solcher Logik hören. Sie hätte ein Monatsgehalt, nein drei, darauf gewettet, dass es dieses Jahr wieder passieren würde. Und sie redete sich mit jedem Tag nachdrücklicher ein, dass sie den entscheidenden Hinweis finden würde, nein musste.

Als sie ihrem Chef davon berichtete, schüttelte er den Kopf und erwiderte, es gäbe genug andere Arbeit und sie solle sich lieber den aktuellen Fällen widmen, anstatt wertvolle Zeit und unnütze Kraft zu verschwenden. Doch Kathrin ließ nicht locker. Wie ein Terrier in seine Beute hatte sie sich festgebissen in diesen Fall. An den aktuellen Strafsachen arbeitete sie hart, aber sie nervte ihren Vorgesetzten tagtäglich, bis er zermürbt sein Einverständnis gab, dass sie mit zwei weiteren Kollegen an der Sache arbeiten durfte. Nebenbei, versteht sich. Akribisch trugen Kathrin und ihr Team alles zusammen, was sie an Informationen finden konnten.

Kathrin kannte jedes scheinbar noch so unwesentliche Detail. Immer zwischen Mitternacht und vier Uhr morgens wurden die Mädchen ausgesetzt. Glückliche Zufälle sorgten dafür, dass wildfremde Menschen sie rechtzeitig fanden. Der Obdachlose, der im Mülleimer an der Bushaltestelle nach Pfandflaschen stöberte und über das Bündel vor seinen Füßen stolperte. Die Eheleute, die von einer Familienfeier nachts um halb zwei nach Hause kamen und auf der Eingangstreppe ihres Einfamilienhauses direkt neben den Rhododendron-Büschen das wimmernde Baby fanden. Nachbarn hatten natürlich nichts bemerkt. Und schließlich der Taxifahrer, der routinemäßig in der Sackgasse neben dem Döner-Imbiss und der Bankfiliale in den Nachtstunden einen der beiden Halteplätze anfuhr und das goldfarbene Päckchen fand, in dem das untergewichtige Mädchen mit reichlich Käseschmiere auf der Haut zitterte. Drei unschuldige Dinger, die bereits in den ersten Stunden ihres irdischen Daseins in Lebensgefahr geraten waren.

An die Wand über ihren Schreibtisch hatte Kathrin fünf DIN-A4-Seiten gehängt. Nebeneinander. Auf jedes Blatt hatte sie mit dem dicksten schwarzen Edding-Stift, den sie finden konnte, nur einen Buchstaben gemalt. Zusammen ergaben sie ein Wort. Warum?

Diese Frage jagte Kathrin rastlos durch die Tage und Wochen. Tagsüber diskutierte sie endlos mit ihren Kollegen darüber, nachts grübelte sie und fand nicht in den Schlaf. Konnte die Mutter ihre Mädchen nicht behalten? Wollte sie nicht? Durfte sie nicht? Wer setzte freiwillig sein eigenes Kind aus? Und dann dreimal hintereinander? Zwang sie jemand dazu? Und wenn ja, warum? Weil es Mädchen waren? Weil die unschuldigen Dinger Zeugnis ablegten von einem Verbrechen? Weil sie störten? Wen? Und wobei? Aus dem warum erwuchsen unzählige neue Fragen, auf die Kathrin noch keine Antwort wusste.

Kindesaussetzung hatte es in der Geschichte der Menschheit schon immer gegeben. Antike Sagen beschrieben die Aussetzung von Ödipus, Romulus und Remus oder Kyros. Zumeist wollten die Täter Thronfolger loswerden oder, im Fall von Ödipus, vorhergesagtes Unheil abwenden. Erst im Mittelalter sorgte die katholische Kirche dafür, dass das Aussetzen von Kindern verboten wurde und Klöster Findelkinder aufnehmen durften. Da hatte die Kirche ausnahmsweise mal was Gutes bewirkt.

Heutzutage gab es jedoch verschiedene Möglichkeiten für eine werdende Mutter, wenn sie ihr Kind nicht austragen oder behalten und aufziehen konnte. Den Schwangerschaftsabbruch nach der Beratungsregelung, die anonyme Entbindung und die Freigabe zur Adoption. Und natürlich die Babyklappe am Kinderhaus der Caritas, in allen großen Städten ein allerletzter Ausweg in einer akuten Notlage. Wieso hatte die Mutter keine dieser Möglichkeiten genutzt?

Seit der Bildung ihres Teams »Baby« waren mehrere Wochen vergangen. Mit jedem weiteren Tag wurde Kathrin zunehmend unruhiger. Trotz der allabendlichen zwei Gläser Rotwein schlief sie keine Nacht mehr durch und schleppte sich morgens wie gerädert ins Büro. Ihre Tabletten hielten ihren Blutdruck nicht mehr in Schach und sie fühlte bei jeder neuen Blutdruckspitze, dass ihr Gesicht vor Hitze brannte und es unter ihrer Kopfhaut kribbelte. Beim Blick in den Spiegel sah sie in ihr hochrotes Antlitz. Ihr Herz schlug zunehmend unrhythmisch und bei jedem Stolpern fürchtete sie, es sei der letzte Schlag.

Das durfte nicht sein. Sie musste diese Sache aufklären. Und zwar bevor sie den Abgang machte.

Es war jetzt bereits die zweite Woche im September, und seit fünf Tagen stromerte sie in den Nachtstunden durch die Straßen der Altstadt. Suchte nacheinander die drei Plätze auf, an denen die Babys in den vergangenen Jahren abgelegt worden waren. Schlug konzentrische Kreise um die drei betreffenden Stellen und überprüfte die Verbindungswege zwischen den Orten und mögliche Schnittstellen. Sie drückte sich wie beiläufig in Hauseingängen und in dunklen Ecken herum und beobachtete misstrauisch jede Person, die in diesem Bermuda-Dreieck, wie sie es nannte, unterwegs war und irgendetwas mit sich trug, das wie eine Tasche oder ein Rucksack aussah.

Männer kamen als Täter nicht in Frage. An den Tüchern, in denen die Mädchen eingewickelt waren, konnte die Spurensicherung ausschließlich weibliche DNA nachweisen. Die der Babys und die der Mutter. Kathrin mutmaßte, dass diese zwischen zwanzig und fünfzig Jahre alt sein musste. Ältere bekamen schließlich nur noch selten Nachwuchs. Und jüngere mit drei Entbindungen? Auch eher unwahrscheinlich. Auf wie viele Frauen mochte das in ihrer Stadt zutreffen? Kathrin seufzte. Zu viele, um sie alle zu überprüfen, und sonst wusste sie rein gar nichts über die Person, nach der sie suchte.

Kathrin sah auf die Armbanduhr. Halb drei. Die Leuchtziffern an der Infotafel der Sparkasse zeigten immer noch 21 Grad. Und das Mitte September.

Kathrin fühlte eine Hitzewelle nach der anderen in ihrem Inneren aufsteigen. Seit drei Monaten war ihre Periode ausgeblieben. Endlich. Mit zweiundfünfzig Jahren aber auch kein Wunder. Oder lag es an ihrem unregelmäßigen Tagesablauf, den durchwachten Nächten, und nicht zuletzt an dem Stress, den dieser Fall ihr bereitete? Auf jeden Fall wurde es Zeit, dass das monatliche Ärgernis, mit dem sie sich seit vierzig Jahren rumplagte, ein Ende fand. Ihre Gynäkologin hatte ihr mit einem enthusiastischen Strahlen gesagt, sie solle sich doch freuen, dass sie bis jetzt immer reichlich mit Östrogenen versorgt worden sei. Von wegen Osteoporoseprophylaxe und so. Kathrin schnaubte und wischte sich den Schweiß von der Stirn. Auf diesen Mist konnte sie verzichten. Genauso wie auf die verflixten Hitzewellen, die sie jetzt seit zwei Monaten plagten. Vor allem in den Nächten. Aber auch da hatte ihre Gynäkologin einen guten Ratschlag für sie. Abnehmen wäre super. Dann käme sie besser durch die Wechseljahre. Die konnte gut reden. Bestand selbst nur aus Haut und Knochen. War unter Garantie schon als Rappelgestell zur Welt gekommen und würde auch so in die Kiste gehen. Die hatte bestimmt noch nie ein Pfund zu viel auf den Hüften gehabt und wusste so viel vom Abnehmen wie eine Kuh vom 1. Mai. Seit ihrem sechzehnten Lebensjahr kämpfte Kathrin mit den Pfunden und war stets heilfroh, wenn Kleidergröße 46 reichte. Egal. Dann eben schwitzen. Das einzig Gute an dieser warmen Nacht war, dass ein Neugebore-

43

nes draußen eine gute Überlebenschance haben würde.

Nur wenige Menschen waren um diese Zeit noch unterwegs. Ausschließlich Männer. Ein Betrunkener torkelte an den Geschäften, die den Beginn der Fußgängerzone markierten, entlang. Er hielt sich an den Wänden fest und brabbelte mit sich selbst. Ab und zu brüllte er ein paar Schimpfworte in die Nacht hinaus. Kathrin setzte sich auf eine Bank in der Nähe des Eingangsportals der katholischen Kirche. Von hier aus konnte sie auch die Treppenstufen des schräg gegenüberliegenden evangelischen Gotteshauses beobachten. Dort hockten schon seit geraumer Zeit zwei junge Burschen und leerten sorgfältig einen Sixpack Bier. Die U-Bahn-Station auf halbem Weg zwischen den Kirchen spuckte ein junges Pärchen aus. Die beiden verschwanden eng umschlungen im Halbdunkel einer Seitenstraße, in der von drei Laternen nur eine leuchtete. Es schien, als sollte auch diese Nacht nichts passieren.

Kathrin legte den Kopf in den Nacken und sah in den Himmel. Dunkle Wolken hatten sich unmerklich über ihr zusammengezogen. Ab und zu blitzte der Mond in einer Lücke dazwischen auf. Wahrscheinlich noch zwei Tage bis Vollmond. Obwohl hier die Stadtväter in einer mehrjährigen Umbauaktion einen großzügigen und luftigen Platz der Begegnung zwischen den hohen Häusern der Innenstadt gebaut hatten, strahlte der dunkelgraue Asphalt auch noch in der Nacht die Hitze des vergangenen Tages ab und die Wolkendecke drückte die schwüle Luft zusätzlich nach unten. In der Wettervorhersage hatten sie für die nächsten Tage Gewitter mit Starkregen angekündigt. Während Kathrin noch darüber nachdachte, wann der ersehnte Regen nach wochenlanger Trockenheit kommen würde, fielen erste schwere Tropfen aus einer pechschwarzen Wolke über ihr auf die Stirn.

Sie schloss für einen Moment die Augen, atmete tief ein und zählte die Tropfen, die ihr Gesicht und ihre nackten Arme benetzten. Fühlte sie nicht einen winzigen Luftzug? Kathrin öffnete die Augen, gerade rechtzeitig, um einen bizarren Blitz zu sehen, der den Nachthimmel hinter der evangelischen Kirche erleuchtete. Sie zählte die Sekunden. Bei drei donnerte es. Das Gewitter war noch einen knappen Kilometer von ihr entfernt. Die nächsten Blitze folgten. Zwei Sekunden. Es kam schnell näher. Zeit, Schutz zu suchen. Die Jungs schräg gegenüber stellten sich unter die Arkaden der evangelischen Kirche. Kathrin stand auf und lief die wenigen Schritte zum Eingangsportal der neugotischen katholischen Kirche.

Sie wusste nicht, warum sie intuitiv die Hand auf die schwere Klinke legte. Die Tür war nicht verschlossen. Wie konnte das sein? Hatte der Pfarrer vergessen zuzusperren? Die schwere Tür ließ sich überraschend leicht aufdrücken. Ein leises Quietschen begleitete ihre zögernden Schritte hinein. In der Kirche konnte Kathrin Schutz vor dem Gewitter finden, doch sie blieb einen Moment unschlüssig im

Vorraum stehen. Die schwere Tür fiel leise hinter ihr ins Schloss. Langsam schritt sie durch das vom Mond erleuchtete Mittelschiff Richtung Querhaus. In diesem Moment warf der nächste Blitz durch die hohen Fenster der Apsis ein grelles Licht auf den Granitaltar in der Vierung. Kathrin trat in eine Sitzreihe zu ihrer Rechten und setzte sich auf die Bank. Noch nie hatte sie zu dieser Stunde eine Kirche betreten. Es gab ja seit einiger Zeit einmal im Jahr die Nacht der offenen Kirchen. Mehrmals hatte Kathrin überlegt, ob sie nicht zu dieser Gelegenheit mal wieder in ein Gotteshaus gehen sollte. Doch sie hatte nie den Dreh gefunden. Entweder musste sie arbeiten oder hatte einfach nicht den Hintern von der Couch hochgekriegt. Wann war sie das letzte Mal in der Kirche gewesen? Dieses Jahr zu Ostern? Nein, sie hatte es vorgehabt, aber dann war wieder etwas dazwischen gekommen. Dann musste es Weihnachten vergangenes Jahr gewesen sein. Und davor? Irgendwann im Laufe der letzten Jahre hatte sie den Weg in die Messe nicht mehr gefunden. Na ja, die Skandale in der katholischen Kirche waren nicht dazu angetan, sie wieder regelmäßig dorthin zu locken, so wie früher, als sie noch ein Kind war und an der Hand ihrer Mutter nicht nur sonntags zum Gottesdienst gegangen war. Zwischenzeitlich hatte sie auch daran gedacht, auszutreten oder zumindest zu konvertieren. Bei den Evangelen war auch nicht alles perfekt, aber wohl doch nicht ganz so schlimm wie in der katholischen Kirche.

Kathrin ertappte sich, dass sie die Augen geschlossen und ihre Hände im Schoß gefaltet hatte. Sie hatte es automatisch getan, ohne darüber nachzudenken. Ein gewaltiger Donnerschlag ließ sie zusammenzucken. Das Innere der Kirche war fast taghell erleuchtet. Hatte schon mal ein Blitz in eine Kirche eingeschlagen? Eine feste Burg ist unser Gott. Komisch, dass ihr gerade jetzt Luthers Kirchenlied in den Sinn kam. Ob das ein Zeichen für sie bedeutete? Ihr Blick fiel auf den hölzernen Beichtstuhl an der rechten Wand der Kirche. Wann war sie das letzte Mal zur Beichte gegangen? Sie konnte sich beim besten Willen nicht mehr erinnern. Auf jeden Fall musste es vor mehr als vierzig Jahren gewesen sein.

Kathrin stand auf und schritt zu der Kabine mit den drei Türen. Sie erinnerte an einen Schrank, dessen Holz kunstvoll mit Schnitzereien verziert war. Eine Weile blieb sie unschlüssig davor stehen. Wollte sie jetzt und hier beichten? Einfach aus einer Eingebung heraus? Sonst plante sie doch immer alles genau. Langsam öffnete sie die rechte Tür. Sollte sie? Ohne Pfarrer? Was sprach dagegen? Gott hörte alles. Sie schloss die Tür bis auf einen Spalt hinter sich und kniete auf das hölzerne Bänkchen, das zur mittleren Kabine ausgerichtet war. Drinnen roch es muffig. Warum hatte sie die Tür nicht einfach weit offengelassen? Ihr Herz klopfte so laut, dass sie den Pulsschlag in ihren Ohren hörte. Zögerlich begann sie im Geist zu beten.

»Vater unser im Himmel, geheiligt werde dein Name.« Sie stockte. Warum sprach sie die Worte nicht laut? Und außer ihr befand sich hier niemand. Sie räusperte sich und begann von vorn.

»Vater unser im Himmel, geheiligt werde dein Name. Dein Reich komme, dein Wille geschehe, wie im Himmel, so auf Erden. Unser tägliches Brot gib uns heute. Und vergib uns unsere Schuld, wie auch wir vergeben unsern Schuldigern. Und führe uns nicht in Versuchung, sondern erlöse uns von dem Bösen. Denn dein ist das Reich und die Kraft und die Herrlichkeit in Ewigkeit. Amen.«

Kathrin atmete tief ein und aus. Der stockige Geruch störte sie nicht mehr. Sie öffnete die Augen, die sie bei dem Gebet intuitiv geschlossen hatte. Die Worte hatten gut getan. Irgendwie befreiend. Ein Blitz erhellte abermals das Innere der Kirche und sogar ein wenig die kleine Kabine. Klemmte da nicht ein Stück Papier in dem Spalt zwischen dem Kniebänkchen und der hölzernen Kabinenwand? Als sie danach griff, donnerte es, aber deutlich leiser als zuvor. Sprach ER mit ihr? Sollte sie es nehmen oder nicht? Es war ja nicht für sie bestimmt. Aber jetzt kniete sie hier, also war es Fügung.

Kathrin zog ein zusammengefaltetes Stück Papier hervor. Sie fingerte ihr Smartphone aus der linken Gesäßtasche und knipste das Display an. Ein paar Spinnenweben hingen an dem Zettel, der schon eine Weile dort gelegen haben musste. Das karierte Blatt aus recyceltem Papier hatte jemand aus einem Heft herausgerissen und mehrfach so zusammengefaltet, dass die beschriebene Seite innen lag. Sie stellte die Taschenlampenfunktion an ihrem Smartphone an, strich es glatt und begann zu lesen.

»Vergib mir, Herr, denn ich habe gesündigt. Ich habe getan, was eine Mutter niemals tun darf. Ich habe meine drei kleinen Mädchen weggegeben. Aber ich durfte sie nicht behalten, sonst hätte ihr Vater sie umgebracht. Es war die einzige Möglichkeit für mich, sie zu retten und ich hoffe sehr, dass es ihnen dort, wo sie jetzt leben, gut geht. Herr, ich danke die, dass du mir dieses Jahr endlich einen Jungen geschenkt hast. Ich hoffe, dass mein Mann jetzt zufrieden ist und uns in Ruhe leben lässt, denn nochmals werde ich es nicht über mein Herz bringen, ein Mädchen wegzugeben, eher will ich sterben. Bitte Herr, behüte uns und lass mich niemals wieder schwanger werden. Und beschütze meine drei Kleinen, wo immer sie auch sein mögen.«

Kathrin starrte auf das staubige Papier. Sie atmete tief ein und aus und schluckte die aufsteigenden Tränen hinunter. Merkwürdig, dass gerade der Ort, der Geheimnisse bewahren sollte, ihr jenes preisgegeben hatte, über das sie sich so lange den Kopf zerbrochen hatte. Sie faltete das Papier wieder zusammen, knipste das Smartphone aus und steckte beides ein. Ihre Knie schmerzten und sie erhob sich ächzend aus der unbequemen Position. Sie öffnete die Tür und trat aus der Kabine in den großen Kirchenraum, der im milchigen Licht des Mondes lag. Sie schritt durch die Sitzreihe, in der sie anfangs Platz genommen hatte, und bog in den Mittelgang ab. An der Eingangstür drehte sich noch einmal um und bekreuzigte sich. Dann trat sie aus der Kirche heraus. Ein auffrischender Wind hatte die Schwüle weggeblasen und die Luft deutlich abgekühlt. Auf dem Weg nach Hause setzte ein leichter Landregen ein.

Der rote Ballon

Der dicke Clown mit der roten Nase und den riesigen gelben Schuhen bückte sich zu Mia herunter.

»Na kleines Fräulein, möchtest du einen Luftballon haben?«

Mias blonder Pferdeschwanz wippte. »Au ja! Darf ich, Mama?«

Ihre Mutter lächelte. »Welchen möchtest du denn gern?«

»Einen Roten!« Mia schaute in den strahlend blauen Himmel. Über ihr schwebten die Ballons an langen Bändern wie ein bunter Blumenstrauß.

Der Clown zog die Stirn in Falten. »Oh, ich habe leider keinen Roten mehr. Schau her, dieser blaue Luftballon ist auch toll.« Er hielt ihr eine Schnur mit einem himmelblauen Ballon hin. »Na, was meinst du?«

Mia schob die Unterlippe vor. »Ich will einen roten Ballon.«

»Aber er hat dir gerade gesagt, alle Roten sind weg. Nimm doch den Blauen«, sagte Mias Mutter und zwinkerte ihm zu.

Der Clown legte das Band des blauen Ballons in Mias rechte Hand. »Bitte sehr mein Fräulein. Und noch viel Spaß heute hier bei uns im Centro.« Er lächelte Mias Mutter mit seinem breit bemalten Mund an.

»Wie heißt das?« Mias Mutter sah ihre Tochter mit schiefgelegtem Kopf von oben herab an.

»Danke,« sagte Mia leise und zog die Mundwinkel nach unten.

»Nun mach nicht so ein Gesicht,« sagte ihre Mutter. »Es ist so ein schöner Frühlingstag.«

Sie zog Mia zu der Wiese am Wasser, wo mehrere Kinder spielten. »Geh doch mal zu den Kindern da hinten.«

Mia zögerte. Sie hielt die Hand ihrer Mutter fest.

»Guck mal, der Junge dort hat einen roten Ballon. Vielleicht tauscht er mit dir?«

Mias Mutter zeigte auf ein schmächtiges Kerlchen. Mia ließ die Hand ihrer Mutter los und ging langsam auf den dunkelhaarigen Jungen zu. Er war einen Kopf kleiner als sie und trug eine runde Brille mit einem leuchtenden blauen Gestell.

»Wie heißt du?« fragte Mia, noch zwei Meter von ihm entfernt.

»Cem«, sagte er. »Und du?«

»Mia.« Sie schaute hoch zu seinem roten Luftballon.

»Du hast aber einen schönen roten Ballon.«

»Ich will ihn bemalen«, sagte Cem. »Mit einem lachenden Gesicht.«

»Hier, nimm meinen. Der ist genauso blau wie deine Brille.« Sie hielt ihm ihren Luftballon hin.

Cem trat unschlüssig von einem Fuß auf den anderen und überlegte, malte dann aber mit einem schwarzen Edding Marker einen großen Smiley auf Mias Ballon.

»Mal noch eine Brille drauf«, forderte Mia ihn auf. »Dann sieht er aus wie du.«

Cem sah sie an. »Findest du?« Er pinselte eine runde Brille auf das Smiley-Gesicht. »So?«

»Genau. Ich schenke ihn dir. Nun lass ihn fliegen. Wenn er zu dir zurückkommt, gehört er dir.«

»Aber er wird nicht zurückkommen, wenn ich ihn einmal loslasse.«

»Wenn man Vögel frei lässt, kommen sie doch auch manchmal wieder.«

»Aber ein Ballon ist kein Vogel.«

»Wäre es nicht super, wenn etwas zurückkommt, nachdem man es freigelassen hat?«

»Meinst du?«

»Ja. Viel schöner, als wenn man es immer festhält.«

Cem kratzte sich zwischen seinen dunklen Locken am Kopf. »Vielleicht hast du Recht.«

Mia lächelte. »Falls er wiederkommt, schenkst du mir dann deinen?«

Cem runzelte die Stirn, dann ließ er den Luftballon fliegen. Die Frühlingsbrise trug ihn in die Höhe. Nur wenige Wolken zogen hinter dem Gasometer malerisch über den blitzblauen Himmel. Der Luftballon drehte ein paar Pirouetten und stieß an den ausladenden Seitenast eines Baumes. Von dort segelte er an den Sonnenschirm eines Kinderwagens und landete schließlich auf dem Bauch seiner schlafenden Schwester. Cems Mutter hielt den Ballon fest. Sein Vater schob den Buggy zu den beiden Kindern hin.

»Cem, was machst du? Warum hast du den Luftballon wegfliegen lassen?«

»Mia hat gesagt, wenn er zurückkommt, ist es meiner.«

»Dann hast du ja zwei und sie keinen.«

»Ich gebe ihr meinen Roten.«

»Das ist gut. Mach das und komm jetzt. Wir wollen auch los zum Gasometer.«

Cem reichte Mia seinen roten Luftballon. »Hier. Für dich.«

Mia nahm den Ballon in beide Hände. »Wir könnten etwas drauf schreiben.«

»Was denn?«

Sie überlegte. »Das Wort Freund.«

Sie nahm Cems Edding und schrieb es auf den roten Ballon. »Wie heißt Freund auf Türkisch?«

»Arkadas.«

Sie hielt ihm den Stift hin. Er malte die Buchstaben darunter und begutachtete sein Werk.

»Cem, komm endlich. Unser Präsident spricht gleich am Gasometer. Wir müssen uns beeilen.« Der Vater zupfte an Cems rechten Ärmel.

Cem sah Mia an. »Und jetzt?«

»Wir lassen ihn auch los. Wie eine Brieftaube.« Mia nahm den roten Ballon und ließ das Band los. »Flieg Ballon. Trag deinen Brief hinaus in die Welt.«

Cem blickte ihm nach, wie er von dem Wind in die Höhe getrieben wurde. »Vielleicht fliegt er ja zu einem mächtigen Politiker. Und alle werden Freunde und es gibt keine Kriege mehr.«

Seine Mutter nahm seine Hand und zog ihn fort. »Komm. Wir müssen.«

Cem drehte sich um. »Tschüss Mia!«

»Tschüühüüs!« Mia winkte ihm hinterher und lief zu ihrer Mutter, die auf einer Bank saß.

»Na, hast du dem Jungen deinen blauen Ballon geschenkt?«

»Ja. Er hat mir dafür seinen Roten gegeben.«

»Und wo ist der Rote?«

»Zur Post.«

»Wohin?«

»Weiß nicht, aber er wird bestimmt zu jemanden fliegen, der unsere Nachricht braucht.«

Eine Stunde später, als der türkische Präsident auf der Aussichtsplattform des Gasometers seine Rede hielt, segelte ein roter Ballon auf ihn zu und blieb mit dem Band an seinem Mikrofon hängen. Er stutzte und las mit hochgezogenen Augenbrauen die beiden Worte »Freund« und »Arkadas«.

Der Winter, in dem es Schokolade schneite

An jenen Sonntag im Jahr 1948 erinnere ich mich noch genau. Es war der 20. Juni und unsere Mutter brachte das neue Geld nach Hause. Nach dem Ende des Krieges verfiel der Wert der Reichsmark rapide, und wir alle versorgten uns mit dem Notwendigsten auf dem Schwarzmarkt. Daraufhin führten die drei Westmächte in den Westzonen Deutschlands und bei uns in Westberlin die neue Währung ein. Und Ludwig Erhard verkündete, dass viele Waren nicht mehr rationiert werden müssten. Endlich sollte es aufwärtsgehen. An jenem Tag der Freude bestaunten wir das neue Geld und ahnten nicht, wie schwierig die folgenden Monate werden sollten.

Am Tag zuvor, nachdem die Währungsreform im Westen angekündigt worden war, unterbrach die sowjetische Militäradministration den Personenverkehr in unsere Stadt. Kein Mensch sollte rein oder raus kommen. Die Sowjets fürchteten, dass die wertlose alte Reichsmark den Osten überschwemmte, und ordneten am 23. eine Währungsreform auch in der Ostzone sowie im gesamten Stadtgebiet von Groß-Berlin an. Dort galt jetzt die Ostmark. Die Antwort des Westens ließ nicht lange auf sich warten. Noch am gleichen Tage verboten die westlichen Stadtkommandanten von Berlin diese Währungsreform in ihren Sektoren und ordneten am 25. Juni für

56

Westberlin die Umstellung auf die »Mark der Bank deutscher Länder« an. Daraufhin riegelten die Sowjets nur Stunden später alle Transitwege in unseren westlichen Sektor ab. Weder mit Lastkraftwagen, noch mit der Eisenbahn oder dem Schiff konnten Güter nach Berlin gebracht werden. Wir waren Gefangene auf einer Insel.

Nur der Luftweg blieb uns noch. Und Amerikaner und Briten planten, uns über die Luft zu versorgen. Unser Bürgermeister Reuter verkündete mit Überzeugung, dass wir Berliner zugunsten der Freiheit auch Opfer bringen und eine eingeschränkte Versorgung ertragen würden. Und er hatte Recht. Wir wollten es allen zeigen. Am Montag, den 28. Juni, ging es los. Wir hörten Motoren brummen, rannten auf die Straße und starrten gebannt in den Himmel über Berlin. Und dann kamen sie, die ersten Flugzeuge mit Gütern für die Bevölkerung unserer Stadt. Die Amerikaner landeten in Tempelhof, die Briten flogen zum Flugplatz Gatow. In den folgenden Wochen und Monaten versuchten unsere Mütter, aus Milch- und Eipulver und aus Kartoffel- und Gemüsepulver in der Küche etwas Schmackhaftes zu zaubern. Wir und die anderen Familien bei uns im Mietshaus und aus allen weiteren Häusern in der Straße weigerten sich, das Lock-Angebot der Ostseite anzunehmen und sich dort zum Bezug von Lebensmittelmarken registrieren zu lassen. Das kam ja gar nicht infrage. Lieber Freiheit als frische Kartoffeln oder Gemüse annehmen von denen da drüben.

Der Herbst kam, die Tage wurden kürzer, und es wurde kälter. Strom gab es immer nur für wenige Stunden, und nach Sonnenuntergang hockten wir oft im Dunkeln und in der Kälte. An manchem Abend, wenn Mutter das Abendbrot zubereitete, saßen wir Kinder noch spät an den Schularbeiten. Tagsüber liefen mein großer Bruder Jürgen und ich nach der Schule zu den Flugzeugen und versuchten, etwas zu organisieren. Abends büffelten wir dann für die Penne. Dann ging das Licht aus, weil der Strom abgestellt wurde und ich machte mit den bereitgelegten Streichhölzern die zwei Petroleumlampen an, die wir uns leisten konnten.

In nur drei Monaten errichteten wir in Berlin einen neuen Flughafen: Tegel. Rund um die Uhr bauten fast 19.000 Arbeiter die mit 2.400 m damals längste Start- und Landebahn Europas. Die Hälfte von ihnen waren Frauen. Und unsere Mutter war eine von ihnen! Wir waren mächtig stolz auf sie. Am 5. November landete der erste Flieger in Tegel. In dieser Zeit brummte es unaufhörlich in der Luft. Alle 5 bis 10 Minuten landete ein Flugzeug in Berlin, es kamen auch Wasserflugzeuge und wasserten auf der Havel oder dem großen Wannsee. Dadurch kamen wir auch an Kohle zum Heizen. Doch die Briketts waren abgezählt für jeden Haushalt. Wir brauchten sie für den Herd zum Kochen. Hatten wir keine Kohle mehr, nahmen wir Holz. Alles, was in unserer Wohnung aus Holz war, verbrannten wir nach und nach. Ich weiß noch, wie mein kleiner

Bruder Heinz weinte, als er seine Bauklötze hergeben musste, damit wir heizen konnten. Am Ende des Winters, der glücklicherweise recht mild ausfiel, verfeuerten wir sogar unsere Wäscheklammern.

Aber das Schönste war die Vorfreude, wenn die Flugzeuge kamen. Wir warteten am Flugplatz Tempelhof und vor der Landung warf die Besatzung Süßigkeiten an kleinen Fallschirmen, die sie selbst gebastelt hatten, ab. Jürgen und Heinz gingen keiner Rauferei aus dem Weg, um an die Cadbury-Schokolade oder an die leckeren Kekse zu kommen. Wir Mädchen hatten da keine Chance. Aber meine Brüder brachten oft stolz ein Päckchen Schokolade nach Hause, das gerecht unter uns vieren geteilt wurde. Wir ließen jedes einzelne Stück ganz langsam im Mund zergehen. Man wusste ja nie, ob und wann wir noch mal eines bekamen. Das war wie Weihnachten. Ach ja, Weihnachten. Da kam »Santa Claus« und verteilte an uns Geschenke aus dem Flugzeug heraus. Und Bob Hope besuchte uns in West-Berlin zu Weihnachten und gab auf dem Flughafengelände Tempelhof zusätzliche Vorstellungen. Wir gingen natürlich hin. Das war eine Riesensache für uns.

Anfang Januar 1949 passierte dann etwas, von dem ich damals noch nicht wusste, dass es mein Leben später entscheidend beeinflussen würde. In unserer Straße, drei Häuser weiter, stürzte ein Flugzeug in ein Mietshaus. Ich habe noch heute das immer lauter werdende Brummen, das uns hochschreckte, und den gewaltigen Knall, als das Flugzeug dann dort in die fünfte Etage krachte, im Ohr. Wir ließen alles stehen und liegen und rannten nach draußen, so schnell wir konnten. Das Flugzeug hatte das Dach zerstört und steckte in der obersten Etage. Wir machten uns keine Gedanken, ob eine Explosion drohen könnte, sondern hasteten über das Treppenhaus nach oben. Jürgen kletterte über den Schutt der zerstörten Wände voran zu dem Piloten, der wie durch ein Wunder überlebt hatte. Er war bei Bewusstsein, aber in der Kabine eingeklemmt. Wir Kinder wollten ihm helfen, konnten ihn nicht befreien. Mein Bruder und sein Freund Peter aus dem Nachbarhaus liefen los, um Hilfe zu holen. Mehr und mehr Leute kamen und versuchten, die Gesteinsbrocken mit den bloßen Händen wegzuräumen, um einen besseren Zugang zu ihm zu schaffen. Mit meinen zwölf Jahren war ich dünn und klein genug, um in der schmalen Lücke vor dem zerbrochenen Fenster der Pilotenkabine zu kauern. Ich sah, dass er Schmerzen litt, aber er lächelte mich tapfer an. Ich kramte meine wenigen englischen Brocken zusammen und versuchte, ihn zu beruhigen.

»We help you, Sir«, sagte ich und streckte meine Hand zu ihm aus. Er ergriff sie und hielt sie fest. Ich lächelte ihn an, und er lächelte zurück. Während die Helfer sich zu ihm vorarbeiteten, blieb ich die ganze Zeit bei ihm. Wir sprachen nicht viel. Irgendwann zog er ein Foto aus der Brusttasche seines Hemdes und gab es mir. Es zeigte einen Jungen in meinem Alter.

»This is my son Jim«, sagte er. »He is fourteen years old.«

Ich schaute mir das Foto genau an. Der Junge trug Sport-Kleidung, hielt einen Baseball-Schläger in der Hand und blickte aufrecht und stolz in die Kamera.

»Ich heiße Hilde. My name is Hilde«, sagte ich.

Er drückte fest meine Hand. »It`s good to have you here, Hilde. I`m Tom Clarke from Columbia in South Carolina.«

Dann schoben mich die Erwachsenen zur Seite. »Lass uns ma ran, Kleene.«

Mit vereinten Kräften und großen Schneidewerk-zeugen befreiten sie den Piloten und schleppten ihn die Treppe hinunter. Unten vor dem Haus wartete ein Krankenwagen. Als sie ihn auf die Trage legten, trat ich neben ihn.

»Here is your photo«, sagte ich.

»Keep it with you, Hilde«, sagte er. »And some day, come and visit me and my family in the United States.«

»Das werde ich. I will«, sagte ich.

Er lächelte mich an und winkte mir, als sie ihn in den Rettungswagen schoben.

Zu Hause beschriftete ich das Foto auf der Rück-seite. Sorgfältig malte ich jeden einzelnen Buchsta-ben: Jim und Tom Clarke aus Columbia, South Caro-lina. Dann legte ich es in das kleine buntbemalte Holzkästchen, in dem ich meine anderen Schätze aufbewahrte.

Ich blicke auf das vergilbte Foto, das neben dem Laptop liegt. Es hat über die vielen Jahre ein paar Knicke abbekommen und die Ecken sind angestoßen, aber man kann den Jungen auf dem Bild immer noch gut erkennen. Die Zimmertür, die ich nur angelehnt habe, knarrt leise.

»Na, kommst du mit deiner Erzählung vorwärts?« Mein Mann steckt den Kopf durch den Türspalt.

»Ja, es läuft gut. Schau mal, hier ist das alte Foto von dir, das mir dein Vater gegeben hat, als er bei uns in der Straße mit seinem Flugzeug abgestürzt ist.«

»Zeig mal«, sagt er und tritt hinter mich. »Ja, damals war ich bei den Columbia Fireflies, als dieses Foto gemacht wurde. War eine schöne Zeit, auch wenn Vater in den Krieg musste.«

»Aber dein Vater hat mit vielen seiner Kameraden uns in Berlin in diesen Monaten geholfen zu überleben.«

»Und du hast ihm in der Not beigestanden, das hat er mir immer erzählt. Gut, dass du seine Einladung angenommen und uns hier besucht hast.«

»Ja, sonst hätten wir uns mit Sicherheit niemals kennengelernt.«

»That`s right.«

»Es war nicht einfach, euch ausfindig zu machen, aber ich habe nicht aufgegeben.«

»You all back then in Berlin never gave up.«

Ich gebe ihm einen Kuss.

»And your father and his guys did a damn good job.«

Es geschah in der Nacht

»Hast du auch alle Geschenke eingepackt?« Marie betrachtete sich von allen Seiten im Spiegel und fixierte eine widerspenstige Haarsträhne mit einem dicken Sprühnebel des Haarsprays, der Halt bei jedem Wetter versprach.

Im Schlafzimmer zurrte Julius den Reißverschluss der Reisetasche fest und unterdrückte einen spontanen Ausbruch der Ungeduld, atmete tief durch und antwortete in der Tonlage eines Yogalehrers: » Aber sicher doch, mein Schatz.«

»Auch die Uhr für meinen Vater?«

»Natürlich.«

»Und die Ohrstecker für Mutter?«

»Selbstverständlich.«

»Und das Retroradio für Tante Andrea und Onkel Michael?«

»Auch das. Und bevor du weiterfragst, auch die Geschenke für deinen Bruder, seine Frau und deinen Neffen, meine Eltern und Großeltern, alles ist bereits im Auto.«

»Ich meine ja nur.«

»Wie jedes Jahr an Heiligabend.«

»Passt denn auch die Tasche für das Krankenhaus noch ins Auto?«

»Sicher. Aber ich glaube nicht, dass du sie brauchst. Unser Sohn wird sich bestimmt noch Zeit lassen.«

»Man weiß nie. Manche Kinder kommen schon in der 38. Woche. Ich wurde auch zwei Wochen zu früh geboren.«

»Aber nicht die Söhne der von Mannsdorffs. Die kommen immer planmäßig am errechneten Termin auf die Welt.«

Marie warf ihm einen Seitenblick zu. »Im Leben läuft es nicht immer so auf den Punkt ab wie bei dir in der Bank. Hoffentlich kommen wir nicht in einen Stau.«

Julius nahm den Wintermantel über den Arm und warf einen Blick auf das Display seines Smartphones der neuesten Generation. »Bisher sind keine Verkehrsstörungen angesagt. Bist du denn nun endlich fertig? Es ist schon zehn nach zwei. Wir wollten pünktlich um vierzehn Uhr starten.«

»Stress mich nicht, wir brauchen doch nur drei Stunden. Und das Wetter?«

»Ab drei ist leichter Schneefall vorhergesagt, für uns kein Problem, wir haben ja Allradantrieb. Komm jetzt, wir müssen los.«

Auf der Fahrt durch die Berliner Innenstadt mussten sie fast an jeder Kreuzung halten, so zäh floss der dichte Verkehr. Viele Menschen machten noch die letzten Besorgungen vor dem Fest und eilten mit großen Tüten und schweren Taschen von einem Geschäft zum nächsten. Kaum jemand nahm sich etwas Zeit und blieb bei den Obdachlosen und Bettlern stehen, um Kleingeld in die Becher zu werfen, die sie den Passanten entgegenhielten.

Marie zog die Stirn in Falten und machte eine Schnute. »Das mit den Schnorrern wird jedes Jahr mehr, findest du nicht auch?«

»Hm.«

»Da müssten die doch was gegen tun.«

»Wer?«

»Polizei, Ordnungsamt, egal. Man kann ja nirgendwo mehr hingehen, ohne angebettelt zu werden.«

Julius bremste abrupt und schlug mit der flachen Hand auf die Lenkradhupe. »Wieso fährst du Blödmann nicht? Ist doch noch gelb!«

Marie hielt mit beiden Händen ihren Bauch. »Brems nicht so stark! Sonst platzt mir noch die Fruchtblase hier im Auto.«

»Soll ich etwa der Schnarchnase hinten drauf fahren? Da sitzt doch garantiert eine Frau am Steuer. Du fährst natürlich nicht so lahm.« Er warf seiner Frau einen Seitenblick zu. »Was ist los mit dir?«

»Hab gerade eine Wehe.«

»Bist du sicher?«

»Klar.«

»Woher weißt du das?«

»Frauen wissen das eben. Außerdem hatte ich schon ein paar Wehen.«

»Wann?« Unbeabsichtigt trat Julius auf die Bremse, obwohl sie sich mitten im langsam fließenden

Verkehr befanden. Jetzt hupte der Hintermann energisch. »Heute Morgen?«

»In den letzten Wochen und letzte Nacht auch.«

»Wieso sagst du mir denn nichts?«

»Die sind doch immer wieder weggegangen. Falscher Alarm sozusagen. Das sind nur Übungswehen, hat mein Frauenarzt mir gesagt. Erst wenn sie bleiben und alle fünf Minuten kommen, dann müssen wir ins Krankenhaus fahren.«

Vor ihnen löste sich ein Stau auf und Julius gab energisch Gas. »Endlich. Sollen wir nicht lieber vorsichtshalber erst ins Krankenhaus fahren und nachschauen lassen?«

»Ach was. Die gehen bestimmt wieder weg. Du hast doch vorhin selbst gesagt, dass unser Sohn noch nicht kommt.«

»Das ist richtig.«

»Außerdem kommen wir niemals rechtzeitig zur Bescherung, wenn wir vorher noch zum Kreißsaal fahren.«

»Auch das.«

»Und du weißt, wie dein Vater es hasst, wenn wir nicht pünktlich sind.«

»Du hast recht. Dann ist die Weihnachtsstimmung von Anfang an im Eimer.«

Auf der A13 lichtete sich der Verkehr merklich, und sie kamen zügiger voran. Nach einer Stunde verfinsterte sich der Himmel, und auf Höhe der Luckenwalder Heide setzte pünktlich der angekündigte

Schneefall ein. Mit jeder weiteren Minute verschlechterte sich die Sicht.

»Das ist aber mehr als nur leichter Schneefall. Kannst du den Scheibenwischer nicht schneller anstellen? Man sieht ja fast nichts mehr.«

»Ist schon die höchste Stufe.«

»Geh lieber auf die rechte Spur.«

»Aber da schleichen doch die Opas mit Tempo 50 einher.«

»Ist vielleicht auch vernünftig, bei solch einem Wetter langsamer zu fahren. Wer weiß, was unter dem Schnee ist.«

»Wir haben Allrad. Da fährt man wie auf Schienen.«

»Julius, mir ist es lieber, wenn du rübergehst. Links fährt kein Mensch mehr.«

Julius seufzte. »Ich überhol nur den einen Kriecher da vorn noch.«

Er rauschte an einem alten dunkelblauen Volvo vorbei und bedachte den gemütlich dahinrollenden Schweden beim Einscheren mit einer ordentlichen Schneedusche.

»Nimm die zweite Hand ans Steuer. Bitte.«

»Ich fahre auch mit einer Hand sicher.«

»Du bist geschlingert.« Marie hielt sich den Bauch.

»Unsinn. Das kam dir nur so vor.«

»Ich krieg Angst, wenn du so fährst. Mein Bauch wird ganz hart.«

»Ach was, ich hab unseren SUV voll im Griff. Der ist gerade für solche Straßenverhältnisse gemacht.«

»Das ist doch nur Werbung.«

»Du hast keine Ahnung von Autos. Die haben den bei extremen Wetterbedingungen getestet.«

»Ich will nur, dass wir ankommen.«

»Das will ich auch, Schatz.«

»Müssen wir nicht bald runter von der Autobahn?«

»Ist noch ein Stück.«

»Sag mal, warum bewegt sich der Pfeil auf dem Navi nicht mehr? Wir müssten doch längst weiter sein.«

Julius klopfte auf das Navidisplay. »Hat kein Signal. Schon wieder. Vor zwei Wochen war ich deswegen erst in der Werkstatt.«

»Aber wir kennen den Weg doch auch ohne Navi.« Marie atmete ein und langsam wieder aus. »Dass aber auch gerade heute so ein Wetter sein muss.«

»Hast du dir nicht immer weiße Weihnachten gewünscht?«

»Schon, aber nicht, wenn wir zu meinen Eltern fahren müssen.«

»Die wohnen aber auch in der Pampa. Ah, da ist ja die Ausfahrt.«

»Das sieht alles so anders aus bei diesen Verhältnissen. Bist du sicher? Man kann das Schild kaum noch erkennen, so dicht ist der Schnee.«

Der SUV rutschte aus der Kurve und schlitterte über den Grünstreifen, der komplett weißgetüncht war.

»Pass auf!« Marie stützte sich mit beiden Händen am Armaturenbrett ab und der Sicherheitsgurt drückte sie ruckartig in den Sitz zurück.

»Da muss Eis unter dem Schnee gewesen sein.« Julius lenkte dagegen und brachte den SUV nach mehreren Schlenkern wieder zurück auf die Straße. »Das kann ich ja nicht ahnen.«

»Aber das weiß doch jedes Kind, dass Ausfahrten und Brücken gefährlich sind. Da muss man langsamer fahren.«

Julius brummte etwas Unverständliches. Warum mussten Frauen als Beifahrer immer alles besser wissen? Und jede Aktion wurde ohne Pause gnadenlos kommentiert. Vielleicht lenkte die Musik Marie ein wenig ab. Er regelte die Lautstärke des Radios hoch.

»Was hat denn da so gescheppert?«

»Wann?«

»Na gerade. Als du von der Straße abgekommen bist.«

»Ich bin nicht von der Straße abgekommen. Das war nur ein kleiner Schlenker.«

»Wir sind fast im Graben gelandet.«

»Unsinn. Mit dem Auto kann uns das nicht passieren.«

»Hoffentlich ist nichts kaputtgegangen.«

»Ich höre nichts.«

Marie blickte auf ihre Armbanduhr. »Wir haben ganz schön Zeit verloren.«

»Du wolltest ja, dass ich langsam fahre.«

»Besser langsam ankommen als schnell im Graben landen.«

»Denke, wir werden um sechs bei deinen Eltern sein.«

»Guck mal, der Himmel ist tiefgrau. Da kommt in den nächsten Stunden noch eine Menge Schnee runter.«

»Egal. Hier im Auto ist es warm und trocken.«

Auf der Landstraße lag die Schneedecke unberührt vor ihnen. In der Dunkelheit flogen die dicken Flocken aus allen Richtungen gegen die Windschutzscheibe, als ob sie gerade in die Tiefen des Weltalls vordrangen und unzählige Sterne an ihnen vorbeirauschten. Julius hatte das Radio wieder leiser gedreht. Außer dem knirschenden Schnee unter den nagelneuen Winterreifen drang kein Laut ins Wageninnere. Der Pfeil am Navi hüpfte sekündlich von einer Richtung in die andere und fand die Straße, die sie jetzt befuhren, nicht mehr in seiner Karte. Langsam, aber stetig verlor der SUV an Geschwindigkeit.

»Willst du hier etwa anhalten?«

»Ich bremse nicht. Der nimmt einfach kein Gas mehr an.« Energisch trat Julius mehrmals auf das Pedal, doch das Auto rollte langsam aus.

»Ist der Tank leer?«

»Unsinn. Der ist halb voll.«

»Was ist es dann?«

»Ich weiß es nicht.« Angestrengt fixierte Julius die unzähligen rotleuchtenden Anzeigen auf dem digitalen Armaturenbrett. »Der zeigt nicht an, woran es liegen könnte.« Er lenkte den Wagen in eine kleine Ausbuchtung an einem Acker, stellte den Motor ab, wartete ein paar Sekunden und drückte dann energisch auf den Startknopf. Nichts.

»Das gibt es doch nicht.« Julius drückte einmal, zweimal, dreimal auf den roten Knopf, doch das Auto tat keinen Mucks mehr.

»Das hat uns gerade noch gefehlt.«

»Bleib ruhig, Marie. Wenn du dich aufregst, kriegst du noch Wehen.«

»Du hast gut reden. Die hab ich schon die ganze Zeit.«

Julius warf ihr einen schnellen Seitenblick zu und zog das Smartphone aus der Hosentasche. »Ich rufe den Pannendienst.«

»Bestimmt ist vorhin doch was kaputt gegangen.«

»Red keinen Unsinn. Den kann man über Stock und Stein fahren, ohne dass was kaputt geht. Dafür sind diese Autos gebaut.«

»Das glaubst aber auch nur du.« Marie zog die Augenbrauen hoch. »Was ist los?«

»Kein Netz.«

»Sag, dass das nicht wahr ist.«

»Was kann ich dafür, dass deine Eltern in so einer Einöde leben?«

»Und Internet?«

»Wo denkst du hin? Hier gibt es nichts. Wir sind völlig abgeschnitten von der Außenwelt.«

»Dann musst du jemanden anhalten, der vorbeifährt.«

»Auf dieser Straße ist kein Mensch außer uns, falls du das noch nicht bemerkt hast.«

»Dann warten wir hier eben im Auto. Irgendwann wird bestimmt jemand vorbeifahren.«

»Hast du in der letzten halben Stunde irgendjemanden gesehen? Ich nicht. Entgegengekommen ist uns auch keiner. Und so viel Schnee wie hier liegt, hat es bestimmt schon seit Stunden geschneit.«

»Was sollen wir denn nur tun?«

»Lass mich mal in Ruhe überlegen.« Julius nahm den Wollmantel vom Rücksitz und wand sich hinter dem Lenkrad in die Ärmel.

»Was hast du vor? Willst du etwa in das Schneetreiben rausgehen?«

»Ich brauch jetzt frische Luft, um vernünftig überlegen zu können. Und ich will mich draußen mal kurz umschauen. Vielleicht entdecke ich was. Du bleibst hier drin sitzen und wartest auf mich.«

»Da kannst du drauf wetten. Aber lauf nicht zu weit.«

Julius stieg aus und schloss die Fahrertür so schnell wie möglich hinter sich. Endlich Ruhe. Dass Frauen alles endlos kommentieren mussten. Er schlug den Mantelkragen hoch und zupfte den Schal bis ans Kinn. Die Schneeflocken umwirbelten ihn von allen Seiten und sein Cashmere-Mantel war in nullkommanichts weiß getüncht. Wenigstens hatte er zu Hause Stiefel angezogen, wenn auch nur die mit den dünnen Ledersohlen. Der Schnee lag schon fast zehn Zentimeter hoch. Wie ein Elch stakste er mitten auf der Straße in die Richtung, in die sie fahren wollten. Es war stockfinster, außer den Scheinwerfern ihres Autos, die er umsichtigerweise angelassen hatte, gab es keine weitere Straßenbeleuchtung. Plötzlich huschte ein paar Meter vor ihm ein kleines Tier in den Lichtkegel und für einen Moment konnte er einen langen buschigen Schwanz sehen. Der Rücken war schneebedeckt, aber darunter schimmerte ein rötlichbraunes Fell. Ein kleiner Hund? Nein, es musste ein Fuchs sein. Einen Moment blieb das Tier stehen, sah ihn an und verschwand dann abseits der Straße in der Dunkelheit. Das passte. Hier sagten sich Fuchs und Hase tatsächlich »gute Nacht«. Rechter Hand, weit hinten in den Feldern, schien ein Licht zu flackern und neben dem Lichtschein erhob sich ein größerer schwarzer Schatten, das konnte eine Baumgruppe sein. Ob da ein Bauernhof lag? Julius drehte sich um und marschierte eilig zum Auto zurück.

»Du warst eine halbe Ewigkeit weg«, sagte Marie vorwurfsvoll. »Was wäre gewesen, wenn jemand gekommen wäre und mich überfallen hätte? Irgend so ein Landstreicher oder Penner.«

»Hier gibt es keinen Menschen außer uns.«

»Und die Wehen kommen immer häufiger.«

»Hast du nicht gesagt, das sind nur Übungswehen?«

»Ich glaube, das sind jetzt echte Wehen.«

»Dann müssen wir los.«

»Wohin?«

Julius deutete in die Richtung jenseits des Scheinwerferlichtkegels. »Ich hab da hinten Licht gesehen.«

»Was? Wir sollen raus in diesen Schneesturm?«

»Das ist kein Schneesturm. Aber was ist, wenn unser Kind jetzt kommt?«

»Besser im Auto als auf der Straße.«

Das fehlte gerade noch. Im Geiste sah Julius schon Blut und Fruchtwasser auf den Ledersitzen. »Wie soll das gehen, hier im Auto? Nein, besser ist, wir gehen zu dem Haus da hinten. Komm, zieh deinen Mantel an.«

»Bist du sicher, dass da ein Haus ist?«

Julius nickte. »Dort wird man uns bestimmt helfen.«

»Versuch doch noch mal zu telefonieren.« Marie verzog das Gesicht und hielt die Luft an.

»Zwecklos. Kein Netz. Hast du wieder eine Wehe? Atmen.« Julius holte tief Luft und hauchte sie langsam aus. »Komm, so musst du es machen. Tiiiief ein – und - auuuuuus.«

Marie machte drei Atemzüge und entspannte sich dann merklich. »Sie ist vorbei.«

»Dann nichts wie los.«

»Sollen wir was mitnehmen?«

»Nein, besser wir müssen nichts schleppen. Nimm nur den Mantel und den Schal und los.«

Sie stapften durch den mittlerweile deutlich mehr als knöchelhohen Schnee. Julius beleuchtete den Weg mit der Taschenlampe vom Smartphone.

»Stop!« Marie hielt ihn am Arm zurück. »Was sind denn das für Abdrücke?«

»Da ist vorhin ein Fuchs über die Straße gelaufen.«

Sie blickte sich um. »Und wo ist er jetzt?«

»Keine Ahnung. Bestimmt schon meilenweit über alle Berge.«

»Wie weit müssen wir denn laufen?«

»Dort hinten. Siehst du das Licht?«

»Ja, da flackert was in der Ferne.«

»Genau. Wahrscheinlich ein Bauernhof oder so. Da muss jemand wohnen.«

»Das kann weiter weg sein, als du denkst.«

»Hast du einen besseren Vorschlag?«

Marie schüttelte den Kopf, hielt sich den Bauch und krümmte sich. »Jetzt kommt schon wieder eine.«

»Ein- und ausatmen.«

»Ich weiß.«

»Dann mach es auch.«

Nach zwei Minuten richtete sie sich wieder auf. »Vorbei.«

»Dann weiter.«

Marie hakte sich bei ihm unter und sie liefen die Straße entlang, bis sie einen Feldweg erreichten, der nach rechts abzweigte.

»Der führt bestimmt zu dem Haus. Wir sind auf dem richtigen Weg. Komm weiter, Schatz.«

»Man kann gar nicht mehr erkennen, wo der Weg eigentlich verläuft. Hoffentlich landen wir nicht in einem Graben.«

»Sei doch nicht immer so pessimistisch.«

»Bin ich nicht. Ich bin nur realistisch. Du bist zu optimistisch.«

»Deswegen ergänzen wir uns ja so perfekt, Liebling.« Julius drückte ihr einen Kuss auf den Mund.

»Du hast gut reden. Da kommt schon wieder eine Wehe.«

»Ein- und ausatmen.«

Marie blieb stehen. »Moment. Die muss erst vorbei sein.«

»Wir sollten uns beeilen. Es ist mittlerweile stockfinster. Der Mond scheint auch nicht.«

»Bei dem Schneefall auch kein Wunder. Gut, dass wir uns an dem Licht orientieren können.«

Der Weg dauerte viel länger, als sie es gedacht hatten. In dem Schnee kamen sie nur langsam voran und Marie musste immer stehenbleiben, wenn eine Wehe kam. Nach einer halben Stunde, als Marie wieder einmal eine Wehe veratmete, versuchte Julius nochmals zu telefonieren, schüttelte aber sofort resigniert der Kopf.

»Keine Chance. Wir sind hier dritte Welt, digital gesehen.«

»Ist mir jetzt auch egal«, stöhnte Marie. »Hauptsache wir kommen endlich zu diesem Haus. Ich kann bald nicht mehr.« Sie hakte sich bei ihm ein.

»Du schaffst das. Ich bin bei dir.«

Es war eine fast beängstigende Stille um sie herum. Nur das Knirschen ihrer Schritte war zu hören, wären da nicht die ständigen Wehen gewesen, Marie hätte sich über einen solchen Spaziergang im Schnee wie ein kleines Mädchen gefreut. Als das Haus nur noch wenige Meter vor ihnen lag, blieb sie stehen.

»Was ist? Du hast doch gar keine Wehe«, sagte Julius.

»Ja siehst du denn nicht, dass das gar kein Haus ist?«

»Na ja, das ist wohl ein bisschen runtergekommen.«

»Julius, das ist gar kein Bauernhof, das ist eine halb verfallene Scheune.«

»Hauptsache, ein Dach über dem Kopf.«

»Und das Licht, das wir gesehen haben, ist ein Feuer in einer Tonne und daneben stehen ganz merkwürdige Gestalten«, flüsterte Marie.

»Hm, stimmt. Könnten Obdachlose sein.«

»So sehen die mir auch aus. Da will ich nicht hin.«

»Du willst doch wohl nicht den ganzen Weg wieder zurückgehen? Dann kommt unser Sohn noch unter freiem Himmel zur Welt.«

»Aber ich kann doch nicht – da kommt einer auf uns zu.« Marie klammerte sich fest an seinen Arm und krümmte sich. Die nächste Wehe war im Anmarsch.

Eine schmale Gestalt, deren Gesicht vor dem Lichtschein nicht zu erkennen war, tappte langsam auf sie zu und blieb drei Meter vor ihnen stehen. Der schmächtige Mann trug eine Kappe, einen viel zu großen Wintermantel, löchrige Jeans und Stoffturnschuhe, die vom Schnee längst durchnässt waren. Er legte den Kopf etwas schief und breitete die Arme aus, um ihnen zu signalisieren, dass sie keine Angst haben mussten.

»Braucht ihr Hilfe?«

Marie hing schwer an Julius' rechtem Arm und stöhnte leise vor sich hin.

»Meine Frau erwartet ihr erstes Kind. Unser Auto ist da hinten auf der Landstraße liegengeblieben und wir konnten keine Hilfe holen, weil es hier kein Netz gibt. Da haben wir das Feuer gesehen und sind hierher gelaufen.«

Der Mann, er mochte zwischen vierzig und fünfzig Jahre alt sein, trat näher. »Hier gibt es weit und breit kein anderes Haus. Die Scheune ist alt, aber drinnen ist man geschützt. Das sieht aber so aus, als ob es nicht mehr lange dauert mit der Geburt.«

Die Wehe ebbte ab, und Marie sah in sein Gesicht. Es war schmutzig, machte aber keinen unfreundlichen Eindruck. Er hatte Recht, denn sie spürte schon seit einigen Minuten ein Druckgefühl nach unten. Außerdem gab es keine Alternative.

»Ich bin Bernd. Da vorn sind Chris und Trude. Wir helfen euch. Kommt mit.«

Bernd nahm ihren rechten Arm und Marie ließ es geschehen. Gemeinsam legten sie so die letzten Meter zurück. Eine alte Frau, die ihre Hände über dem Feuer wärmte, kam auf sie zu.

»Kindchen, das ist aber höchste Zeit, dass du ins Trockene kommst. Lass mich mal, Bernd, ich mach das schon.«

Marie schaute in das runzelige Gesicht der Frau, die so freundlich, aber auch resolut sprach und bestimmt schon über siebzig war. Fast erleichtert folgte sie der Alten in die Scheune. Drinnen hatten die drei ihre Schlafstätten eingerichtet und ein weiteres kleines Feuer brannte in einer Art flachem Kessel.

»Komm hierher.« Sie zog eine Plane unter einem Schlafsack weg und breitete sie in einer Ecke aus. »Setz dich hier drauf, Kindchen. Wie heißt du denn?«

»Marie.«

Ein Lächeln huschte über ihr faltiges Gesicht. »Wie passend. Ich bin Trude. Und in meinem früheren Leben, als noch alles rund lief, war ich Hebamme. Ich weiß also, wie man Kinder auf die Welt holt, und das verlernt man nicht. Mach dir keine Sorgen.«

»Was für ein Glück«, seufzte Marie. »Ich glaube, es dauert nicht mehr lange.«

»Zieh Schuhe und Hose aus. Hier ganz nah am Feuer ist es warm.«

Marie tat, wir ihr geheißen und hockte sich an die Feuerstelle. Obwohl Trude schon alt war, kniete sie sich behände neben ihr auf den Boden und versuchte, unter Maries nacktem Po etwas zu erkennen.

»Die Fruchtblase wölbt sich schon hervor«, lächelte sie und blickte zu Julius auf, der ungelenk hinter Marie stand. »Junger Mann, hol mir mal von da vorn das kleine Etui.«

Julius kramte in den Habseligkeiten der Alten und brachte ihr ein abgewetztes dunkelbraunes Lederetui. »Bitte.«

»Mach dich bereit, gleich kommt dein Kind«, sagte sie, nahm einen spitzen Gegenstand aus dem Mäppchen und pikste in die pralle Fruchtblase, die sich aus Maries Scheide vorwölbte. In der nächsten Sekunde ergoss sich ein Schwall Fruchtwasser auf den Boden und Marie stöhnte laut.

»Ahhhh! Es drückt so!«

»Pressen, Mädchen, pressen«, kommandierte Trude.

»Auuuu!«

»Luft holen und drück, drück, drück!«

»Mach ich doch!«

»Nicht reden, Luft holen, anhalten und drücken! Los, drück, drück, drück!«

Marie presste mit aller Kraft bis Trude »Stop!« rief.

»Nicht mehr drücken!« Trude packte mit den Händen unter Maries Po. »Der Kopf ist da. Moment.« Mit zwei Handbewegungen half sie dem neuen Erdenbürger auf die Welt und legte ihn vor Maries Füße. »Hier ist der kleine Mann. Schau ihn dir an. Dein Sohn.« Sie blickte hoch zu Julius, der etwas unbeholfen neben Marie stand. »Euer Sohn.«

Erschöpft lächelte Marie und streichelte den Kleinen. »Gott sei Dank. Ich hab schon gedacht, ich schaff es nicht. Danke, Trude.«

Die Alte lächelte. »Es ist noch nicht ganz geschafft. Die Plazenta muss noch raus.« Sie nestelte eine Rolle Zwirn und eine Schere aus ihrem Etui. Flugs schnitt sie zwei Stücke Zwirnsfaden ab und unterband mit ihnen die Nabelschnur an zwei Stellen, die etwa fünf Zentimeter auseinander lagen. Dann reichte sie Julius die Schere.

»Hier. Willst du nicht die Nabelschnur durchschneiden?«

»Aber gern.« Julius' Hand zitterte heftig, als er die Nabelschnur durchtrennte.

Trude stand auf, nahm ihr großes wollenes Tuch, das sie um ihre Schultern trug, wickelte das Baby darin ein und reichte Julius das Bündel. »Halt deinen Sohn gut fest. Ich schau mal, ob die Nachgeburt schon kommt.«

Sie hockte sich wieder auf den Boden und zupfte leichte an der Nabelschnur. »Drück noch mal«, wies sie Marie an.

Marie presste und mit ein Platsch klatschte der Mutterkuchen auf die Plane.

»Das klappt ja alles perfekt.« Sie nahm ein baumwollenes Halstuch aus ihrem abgeschabten Rucksack, faltete es längs und legte es Marie zwischen die Beine. »Hier, das muss als Windel erst mal reichen. Zieh deine Hose wieder an und dann musst du dich erst mal ausruhen, Kindchen. Du kannst dich da vorn auf mein Lager legen und gleich mal versuchen, den Kleinen anzulegen. Habt ihr denn schon einen Namen für ihn?«

Julius küsste das warme Gesicht seines Sohnes. »Wir haben lange nachgedacht und diskutiert.«

»Und was ist dabei rausgekommen?«

»Wir hatten an Leon oder Finn oder Luis gedacht.«

»Sind wohl die modernen Namen heute, was?«

»Hm, die gefielen uns eben. Aber jetzt weiß ich nicht recht.«

Marie nahm den Kleinen in den Arm und wiegte ihn hin und her. »Ich glaube, wir sollten ihn Josua nennen.«

Trude lächelte. »Das passt wesentlich besser.«

Unbemerkt von allen dreien waren der kleine Bernd und Chris, ein großer, kräftiger und sehniger Mann hinter die drei getreten. Chris nahm aus einer Plastiktüte für jeden einen Apfel heraus.

»Hier«, sagte Chris. »Die habe ich für heute Abend verwahrt. Herzlichen Glückwunsch und frohe Weihnachten!«

Bernd öffnete den Schraubverschluss einer Flasche Rotwein. »Jetzt gibt es noch einen Schluck Wein dazu.« Er lächelte. »Wie in der Kirche. Frohe Weihnachten!«

Julius sah die beiden perplex an. »Wir haben gar nichts für euch.«

Und Marie fügte hinzu: »Und ihr habt uns so geholfen, vor allem du, Trude.«

Trude lächelte. »Die Geburt des kleinen Josua hier bei uns in der Scheune ist unser Geschenk. Ich hätte nie gedacht, dass ich noch mal ein Kind auf die Welt hole. Frohe Weihnachten!«

Gestohlen

Alles war gut bis zu jenem Tag, an dem ich auf dem Speicher das Foto fand.

Es war der Sonntag nach meinem zehnten Geburtstag. Am Nachmittag stöberte ich mal wieder auf dem Dachboden im alten Familienkram. Das machte ich gern, wenn ich zu sonst nichts Lust hatte. Der Novemberregen trommelte auf die Fenster und die einzige nackte Glühbirne, die Vater provisorisch an einem Holzbalken befestigt hatte, spendete zu wenig Licht, um in alle Winkel sehen zu können.

Zwischen den Stapeln alter Bücher entdeckte ich eine verstaubte Schatulle, in deren Schloss noch der zierliche Schlüssel steckte. Nachdem ich den Staub mit meinem Ärmel abgewischt hatte, kam die bunte Bemalung zum Vorschein und ich öffnete das Holzkästchen. Säuberlich zusammengefaltet lagen darin ein paar vergilbte Zeitungsausschnitte - und ein Foto. Auf dem Bild war ein Neugeborenes in einem weißen Strampler zu sehen. Es lag in einem Bettchen, und auf seinem Bauch hatte jemand einen Zettel platziert mit Geburtsdatum und -uhrzeit, Größe, Gewicht und Geschlecht. Ich betrachtete das Bild genauer und stutzte, denn es handelte sich um meine Daten.

Genau weiß ich es nicht mehr, aber ich muss eine gefühlte Ewigkeit auf dieses Bild, das ich noch nie zuvor gesehen hatte, gestarrt haben. Dann las ich die

Artikel aus den verschiedenen Tageszeitungen, die von einem entführten Baby handelten.

Der Reporter berichtete, dass einen Tag nach seiner Geburt das Mädchen auf dem Foto aus dem Krankenhaus geraubt worden war. Eine Frau, die aussah wie eine Krankenschwester, brachte das Mädchen zu einer Untersuchung. Angeblich. Doch die Krankenpflegerin war in Wirklichkeit eine Kidnapperin und verschwand mit dem Baby aus der Klinik. Spurlos.

Ich erschrak. Ich wurde gestohlen? So nah wie nur möglich setzte ich mich an die Glühlampe und las mit zitternden Fingern die weiteren Zeitungsausschnitte. Zwei Jahre später fand man 200 Kilometer entfernt ein ausgesetztes kleines Mädchen, das Pflegeeltern aufnahmen. Diese Leute wollten das Kind auch adoptieren, doch plötzlich kam das FBI, das sich um den Fall kümmerte, zu dem Schluss, dass ich das geraubte Baby aus New York sein müsse und brachten mich zu meinen Eltern zurück.

In dem Augenblick schoss das erste Mal ein Gedanke durch meinen Kopf. Hatte das FBI recht? Waren jene Leute unten im Haus wirklich meine Mutter und mein Vater? Wie konnte das FBI davon so überzeugt sein? Die Ähnlichkeit zwischen dem Kind und den Erwachsenen habe den Ausschlag gegeben, so stand es in dem Artikel. Ich starrte auf das Foto aus dem Krankenhaus und in diesem Moment bohrte sich ein erster Zweifel in mein Herz. War das tatsächlich ich auf dem Bild?

Irgendwann rief mich meine Mutter nach unten. Ich musste wohl den ganzen Nachmittag auf dem staubigen Dachboden verbracht haben. Als ich ins Wohnzimmer kam, hielt mich eine unsichtbare Hand davon ab, zu ihnen zu gehen.

Vater faltete die Zeitung zusammen. »Was hast du da oben so lange gemacht?«

Unschlüssig starrte ich ihn an. Was sollte ich bloß antworten?

»Du bist ja völlig verdreckt und verstaubt«, sagte meine Mutter und legte ihr Nähzeug beiseite.

Ich musste es wissen. Jetzt.

»Seid ihr meine Eltern?«

»Was ist das für eine seltsame Frage?« Vater schüttelte den Kopf. »Wie kommst du darauf?«

Mutter sprang auf, rannte auf mich zu und drückte mich so fest an ihre Brust, dass mir fast die Luft wegblieb. »Aber natürlich! Du bist doch unser großes Mädchen!«

»Aber wieso steht dann da oben in den alten Zeitungen, dass ich gestohlen wurde?«

»Wir lieben dich, wie man sein Kind nur lieben kann«, schluchzte Mutter. »Das musst du doch auch fühlen.«

»Aber das Bild von dem Baby im Hospital – bin ich das tatsächlich?«

»Mach dir keine Sorgen, Kind«, sagte Vater. »Wir sind deine Familie. Vergiss den alten Kram da oben.«

»Mein Mädchen, ich bin so stolz auf dich.« Mutter streichelte mir sanft über das Haar, und die Tränen flossen ihr unaufhörlich die Wangen hinunter. »Schau mal nach deinem kleinen Bruder, machst du das?«

Ich stand da, schluckte und nickte und sagte nichts mehr. Weder an jenem Nachmittag, noch an den folgenden Tagen oder in den Wochen und Monaten nach diesem Gespräch. Es sollte unser einziges bleiben.

Gehorsam ging ich zu meinem Bruder, der ahnungslos mit seinen Autos spielte, und beäugte ihn eine Weile misstrauisch. War David wahrhaftig mein Bruder? Oder doch nur irgendein Fremder?

Seit jenem Ereignis beobachtete ich unser Leben mit Argwohn und an jedem neuen Tag wuchs meine Unsicherheit, wer meine Familie tatsächlich war.

In der Pubertät wurde es besonders schlimm. Ich flüchtete geradezu von zu Hause, ging auf viele Partys, lernte Gitarre spielen und gründete eine Rock-Band. Meine Eltern ließen mich gewähren.

»Sie muss sich ein bisschen austoben«, entschuldigte Vater mein Verhalten bei seinen Freunden und legte eine neue Schallplatte mit einem klassischen Klavierkonzert auf. »Sie liebt halt die Musik. Wie wir alle in der Familie. Unser David spielt ja auch ein Instrument.«

Das stimmte. Jedenfalls halbwegs. David lernte Geige und Cello im Schulorchester, während ich versuchte, Jimi Hendrix nachzueifern. Jeden Tag fiel mir mehr auf, wie unterschiedlich wir aussahen. Meine schwarzen Locken wuchsen wild und ungebändigt, die blonden Haare der anderen lagen glatt und wohlfrisiert. Ich fluchte und schmiss mit Dingen um mich und der Rest der Familie verhielt sich brav und wohlerzogen. Mehr und mehr fühlte ich mich fremd bei ihnen, wie das berühmte schwarze Schaf in der Familie. Machte ich dazu Bemerkungen oder stellte ich Fragen zu meiner Herkunft, wiegelten sie ab und warteten mit Gegenbeispielen auf.

»Menschen sind nun mal unterschiedlich«, erklärte Vater. »Mein Vater hatte auch dunkle Haare.«

»Und meine Schwester machte sich als Kind gar nichts aus Musik. Sie liebte Sport und kletterte auf Bäume«, fiel Mutter mit ein. »Trotzdem sind wir Geschwister.«

Es dauerte nicht lange, und ich zog von zu Hause aus. In den folgenden Jahren nahm ich verschiedene Jobs an, um mich über Wasser zu halten, und reiste mit der Band durch das Land. Vielleicht war es auch eine ständige Flucht vor mir selbst, denn sesshaft wurde ich nie.

Eines Tages traf ich nach einem Konzert Jack, meine erste große Liebe, und nur wenige Monate später erwarteten wir Nachwuchs. An dem Tag, in dem mein Frauenarzt mich in seiner Praxis nach den Krankengeschichten in der Familie fragte, dachte ich wieder an jenen Nachmittag auf dem Dachboden, als sei es erst gestern gewesen. Nach langem Hin und Her schaffte ich es, meine Eltern zu überreden, einen DNA-Test zu machen. Die Untersuchungs-Kits brachte ich höchstpersönlich in das Labor und wartete in der Folgezeit mit nächtlichen Schweißattacken und anfallsartigem Herzrasen auf das Ergebnis.

Nach knapp drei Wochen war es endlich soweit. Als ich den Brief des Instituts aus dem Postkasten zog, traute ich mich nicht, ihn zu öffnen. Ich deponierte ihn auf dem Küchentisch, schlich drei Tage lang um ihn herum und überlegte, ob ich ihn nicht doch lieber wegwerfen sollte. Zu groß war in diesem Moment meine Angst vor der Wahrheit. Schließlich besiegte die quälende Unruhe der Unwissenheit, die an mir all die Jahre genagt hatte, meine Furcht, die mir in diesen Tagen fast die Kehle zuschnürte. Jack hatte mir angeboten, den Brief in seiner Anwesenheit zu öffnen, aber ich wollte lieber allein sein und wartete auf einen Moment, in dem er die Wohnung verließ. Mit zitternden Fingern riss ich den Umschlag auf und hätte beinahe noch den Befundbogen beschädigt.

Ich starrte auf das Ergebnis und war minutenlang nicht in der Lage, auch nur einen einzigen klaren Gedanken zu fassen.

Zwischen meinen Eltern und mir gab es keine genetische Übereinstimmung. Hatte ich es nicht die ganzen Jahre geahnt? Eigentlich war dieses Schreiben doch nur eine Bestätigung, machte aus meiner

Vermutung jetzt Gewissheit. In jenem bitteren Moment der Klarheit, der Unzweifelhaftigkeit, fühlte ich mich unendlich leer. Man hatte mir mein ganzes bisheriges Leben genommen. Es war eine einzige Lüge gewesen.

In den darauffolgenden Monaten wuchs mein Bauch als Zeichen eines neuen Lebens in mir, doch ich konnte mich nicht richtig freuen. Meine Eltern wollte ich nicht mehr sehen, denn meine Wut auf sie war grenzenlos. Sie hatten mich belogen und mir mein Leben gestohlen.

Ein paar Wochen vor dem Entbindungstermin standen sie vor der Tür, um zu reden.

»Du warst immer mein großes Mädchen und wirst es auch bleiben«, weinte Mutter. »Daran wird auch dieses Ergebnis nichts ändern.«

»Ich wollte immer mit euch sprechen, aber ihr seid mir immer ausgewichen«, sagte ich. »Könnt ihr nicht verstehen, wie schrecklich das für mich war?«

»Wir haben es nur gut gemeint«, entgegnete Vater. »Wir dachten, es ist besser für uns alle. Manchmal ist es gut, nicht alles zu wissen.«

Sie verstanden mich nicht oder wollten mich nicht verstehen. Wir gingen auseinander und ich hatte das Gefühl, dass unsere Familie zerbrochen war und der Riss niemals zu kitten sein würde.

Je näher der Entbindungstermin rückte, umso mehr kroch eine unbestimmte Angst in mir hoch und löste Wut und Erbitterung ab. Jack und ich erwarteten – ein Mädchen.

Als ich die ersten Wehen verspürte, überlegte ich, ob ich nicht doch lieber zu Hause bleiben sollte.

»So ein Unsinn«, sagte Jack. »Im Krankenhaus sein Kind zu bekommen ist viel sicherer. Für Mutter und Kind.«

Ich sah ihn zweifelnd an. »Seit Menschengedenken haben Frauen ihre Kinder zu Hause auf die Welt gebracht.«

»Aber darüber haben wir doch ausführlich gesprochen. Wir fahren ins Hospital wie geplant.«

Die nächste Wehe rollte an und ich fühlte, dass meine Kraft und mein Widerstand schwanden. »Wenn du meinst.«

»Du wirst mir noch dankbar sein. Komm jetzt.«

Wir verließen das Haus und machten uns auf den Weg. Im Kreißsaal wurden wir äußerst nett von der Hebamme und dem Arzt begrüßt. Alles lief problemlos und als ich den ersten Schrei meiner Tochter hörte, platzte ich fast vor Freude und und Dankbarkeit.

Ein Rascheln am Bett weckte mich aus meiner Erinnerung auf. Obwohl ich mir fest vorgenommen hatte wach zu bleiben, musste ich eingenickt sein. Die Säuglingsschwester beugte sich über das kleine Mädchen, das in meinem Arm friedlich schlummerte.

»Konnten Sie denn ein bisschen schlafen?«

»Danke, Schwester. Ich bin immer noch so aufgeregt.«

»Das ist ganz normal nach einer Entbindung. Haben Sie die Kleine schon angelegt?«

»Alles bestens.«

»Soll ich sie Ihnen mal abnehmen und ins Kinderzimmer bringen, damit Sie etwas Ruhe bekommen?«

»Nicht nötig, Schwester. Ich möchte mein Mädchen nicht abgeben. Ich behalte sie hier bei mir.«

»Sind Sie sicher?«

»Absolut.«

»Wie Sie wollen.« Sie verließ das Zimmer und schloss die Tür leise hinter sich.

Ich schaute auf meine Kleine, die im Traum kaum vernehmbare Schmatzlaute von sich gab. Ich streichelte ihr rosiges Gesicht und drückte ihr zarte Küsse auf die Stirn und die Wangen. Und ich hielt sie fest in meinem Arm, ganz nah bei mir.

Keine Sekunde lasse ich dich aus den Augen, mein kleines Mädchen. Niemals.

Nichts als die Wahrheit

»Glauben Sie nicht, was Sie über mich hören oder lesen. Was auch immer die Leute sagen – ich allein kenne die Wahrheit. Und die werde ich Ihnen jetzt erzählen.

Schon als Kind spürte ich, dass mir ein außergewöhnlicher Weg vorbestimmt war. Ich wurde als erste Tochter des Grafen György Bornemisza und der Gräfin Judith Széchenyi geboren. Meine Vorfahren lebten seit Jahrhunderten auf einem Gut in Györ im Nordwesten Ungarns mit freiem Blick auf den Fluss Rába.

Nach dem Abitur, das ich als Jahrgangsbeste bestand, schickten mich die Eltern zum Studium der Medizin nach Deutschland. Dort lernte ich auch meinen späteren Mann kennen, den ich leider drei Jahre nach unserer Hochzeit bei einem tragischen Verkehrsunfall in Südamerika verlor. In meiner Trauer blieb ich in Argentinien und arbeitete an der medizinischen Fakultät der Universität Buenos Aires. Dort habe ich auch César Milstein kennengelernt, der 1984 für die Erkenntnisse zur Produktion der monoklonalen Antikörper den Nobelpreis für Medizin erhielt.

Die Arbeit an der Universität erfüllte mich, aber eines Tages überkam mich die Sehnsucht nach meiner alten Heimat, und ich kehrte nach Europa zurück. Durch einen guten alten Bekannten, der seinerzeit in der Ethikkommission des Vatikans arbeitete, lernte ich den Papst kennen. Ich bekam eine Anstellung als Leibärztin und wurde seine Vertraute. Sehen Sie diesen Rosenkranz? Er hat ihn gesegnet. Ich trage ihn immer bei mir, genauso wie das Kreuz an meinem Hals. Schauen Sie, ich küsse es auf die Stelle, die auch der Heilige Vater geküsst hat. Er weiß, dass ich immer für alle nur das Beste wollte, nie für mich selbst, egal, was die Leute behaupten.

In jenen Tagen sammelte ich für wohltätige Zwecke in Afrika Spendengelder und machte mir sogar die Mühe, das Geld persönlich zur Missionsstation zu bringen. Davon sollten die hungernden Kinder versorgt und Krankenhäuser gebaut werden. Dass es mit den Bauprojekten nicht wie geplant klappte, dass es mit der Organisation der Hilfsmaßnahmen vor Ort haperte, dafür kann mich keiner verantwortlich machen. Das ist ja in Afrika leider oft ein Problem. Ich wollte stets nur allen behilflich sein. Helfen und aufklären.

Sehen Sie, die Wahrheit ans Licht zu bringen, das war mir ein großes Anliegen. Auch wenn die Erkenntnisse meine Familie betrafen und wenn sie von eher unangenehmer Art waren. Wissen Sie, die Wahrheit war mir immer heilig, so wahr mir Gott helfe. Sehen Sie, ich küsse mein Kreuz.

Ich wüsste heute noch nichts von der alten Geschichte, hätte mich diese Bank weiland nicht kontaktiert. Sie schrieben, dass sie hocherfreut seien, mich endlich ausfindig gemacht zu haben. Ich sei die einzige Erbin des Nachlasses meines Onkels. Dieser habe Unterlagen von unschätzbarem historischen Wert, deren Sperrfrist in drei Monaten ablaufen würde, in einem Safe bei ihnen deponiert. Sie können sich gar nicht vorstellen, wie vollkommen überrascht ich war, hatte doch mein Vater nur recht wenig von seinem Bruder und dessen Lebensgeschichte erzählt. Wir haben immer geglaubt, er sei damals in Auschwitz umgekommen, wie all die anderen. Aber der freundliche Mitarbeiter der Bank versicherte mir glaubhaft, es handele sich bei dem Mieter des Schließfaches tatsächlich um meinen Onkel. Dieser sei vor Kriegsende mithilfe Mengeles und eines Priesters der katholischen Kirche aus Auschwitz entkommen, habe über viele Umwege und glückliche Fügungen mit ihnen Kontakt aufgenommen und schließlich bedeutende Papiere im Tresorfach hinterlegt. Ich habe dann mit einem Mitarbeiter der Bank das Schließfach am 27. Januar geöffnet, so war das Ende der Sperrfrist von meinem Onkel terminiert. Verstehen Sie die Bedeutung dieses Tages? Die Rote Armee rettete an jenem Tag im Jahr 1945 die Gefangenen in Auschwitz und ich befreite die Niederschriften von dem jahrzehntelangen Siegel der Verschwiegenheit. Die Aufzeichnungen habe ich mit nach Hause genommen und dort in Ruhe studiert. Dann habe ich die Eintragungen verglichen mit Notizen, die mein Vater gemacht hat. Da die Tagebücher aus dem Schließfach offensichtlich unvollständig waren, habe ich die Erinnerungen der beiden

Zeitzeugen zusammengetragen, um der Öffentlichkeit ein komplettes Bild zu zeigen. Die Menschen haben schließlich ein Anrecht auf die ganze Wahrheit, finden Sie nicht? Und wie viele Wahrheiten werden heute noch verschwiegen? Weil sie unbequem sind oder weil sie nicht in das bisherige Weltbild passen. Wenn Sie meine Worte anzweifeln, stellen Sie die Wahrheit der Geschichte infrage und dann müssen Sie den Menschen aber auch erklären, warum Sie gewisse Geschehnisse verschweigen wollen. Ich wollte nur helfen, dass alles ans Licht kommt, das ist die ganze Wahrheit und nichts als die Wahrheit, das dürfen Sie mir glauben. Sehen Sie her, ich schwöre es und ich küsse dieses Kreuz. Danke, dass Sie mir zugehört haben.«

»Ich denke, wir haben genug von Ihren Märchen gehört, Frau Bornemisza oder Széchenyi oder wie Sie sich auch immer jetzt nennen. Die Staatsanwaltschaft wird beweisen, dass Sie eine Hochstaplerin und Betrügerin sind und viele gutgläubige Menschen um ihr Geld betrogen haben. Wir werden weiterhin beweisen, dass fast Ihr gesamtes Leben eine einzige große Lüge ist.

Ihre Eltern gehörten weder zum Adel noch besaßen sie ein Gut. Ihr Vater war ein einfacher Zimmermann, Ihre Mutter ein kleines Zimmermädchen, und ihre Eltern arbeiteten auf einem Gut in Györ. Die beiden waren ehrliche und arbeitsame Leute, was man von Ihnen wahrlich nicht behaupten kann.

Ja, Sie studierten Medizin in Deutschland, aber nur für ein Semester, einen Abschluss haben Sie niemals erreicht, weder im Studium noch in einer anderen Ausbildung. Die Umstände des Todes Ihres Mannes in Südamerika waren und sind nach wie vor mysteriös und nicht mehr zu klären, aber Sie haben zu keiner Zeit als Ärztin an der Universität in Buenos Aires gearbeitet, soviel ist sicher. Wir konnten stattdessen recherchieren, dass Sie dort als Reinigungsfrau Ihren Lebensunterhalt verdient haben und César Milstein ist Ihnen vermutlich höchstens mal auf einem Flur begegnet.

Apropos begegnet. Ob Sie jemals den Papst persönlich trafen, kann auch niemand bezeugen. All die Geschenke, die angeblich der Heilige Vater gesegnet hat und mit denen Sie sich das Vertrauen Ihrer Opfer erschlichen haben, haben Sie für ein paar lumpige Euro in irgendeinem Laden für Devotionalien gekauft. All die Rosenkränze, Kruzifixe, Heiligenfiguren und Andachtsbilder, die nie auch nur in die Nähe des Papstes gelangten, haben Sie dazu benutzt, um Ihre Opfer in Ihre Geschichte einzuwickeln wie eine Spinne ihre Beute. Die Frömmigkeit und Gutgläubigkeit dieser Menschen haben Sie auf arglistige Weise ausgenutzt und umgewandelt in eine großzügige Spendenbereitschaft für niemals geplante Projekte in der Dritten Welt. Kein Hilfswerk für notleidende Kinder, kein Krankenhaus in Afrika, nichts, was Sie den leichtgläubigen Menschen, die Ihnen ihr Geld anvertrauten, versprachen, hat jemals existiert.

Aber irgendwann reichte das Geld Ihrer Opfer Ihnen nicht mehr. Es lief alles wie am Schnürchen, es war zu einfach geworden, Ihre Betrügereien forderten Sie nicht mehr heraus. Sie dürsteten nach mehr, mehr als Geld Ihnen geben konnte, sie strebten nach Berühmtheit. Und so planten Sie die ganz große Nummer.

Sie nutzten das düsterste Kapitel der deutschen Geschichte, um mit einer Opfer-Biografie die Reputation der Aufklärung zu erlangen. Ein perfider Plan, wussten Sie doch, dass die Deutschen nach wie vor ein schwieriges Verhältnis zu den schrecklichen Geschehnissen im Dritten Reich haben. Die Gemengelage aus einem grenzenlosen, aber heutzutage kaum mehr persönlich greifbaren Schuldgefühl eines Volkes, dessen lebende Zeitzeugen mit jedem Tag weniger werden, und einem irrationalen und dem tiefen menschlichen Bedürfnis resultierenden Wunsch nach Relativierung der kollektiven Schuld, haben Sie fast meisterhaft für sich ausgenutzt. Wächst der zeitliche und emotionale Abstand zu schrecklichen Geschehnissen, schwinden die Augen- und Ohrenzeugen, die das letzte mahnende Gewissen unserer Zeit darstellen, dann bleiben nur noch Niederschriften. Diese werden in der heutigen digitalen Welt immer weniger als reale Bücher, gedruckt auf Papier, gelesen. Die Gefahr des Verdrängens und Vergessens wächst mit jedem Tag. Als Geschichte in digitaler Form oder auch virtuell im Internet haftet der historischen Wahrheit heute, in Zeiten der Fake

News, leider eine Form von Misstrauen und Ungläubigkeit an, die den Nährboden bereitet für andere, individuelle Wahrheiten, die man zuvor niemals für möglich gehalten hätte.

Sie hoben einen imaginären Onkel aus der Taufe, dessen Existenz Sie glaubhaft vorgaben, indem Sie Fotos eines fremden Mannes auf eBay ersteigerten. Dieser erfundene Onkel sollte in Auschwitz inhaftiert worden sein und dort als studierter Hirnforscher angeblich dem Arzt Josef Mengele aus Angst um sein eigenes Leben bei dessen grausamen Experimenten an den Lager-Insassen geholfen haben. Und als Dank für seine Hilfe hätten ihm dann ein katholischer Priester und Mengele höchst selbst die Flucht ermöglicht, kurz bevor letzterer sich bei Ankunft der Sowjetarmee nach Oberbayern absetzte. Auf der Flucht habe dieser erdachte Onkel dann seine Tagebücher aus jener dunklen Zeit in einem Schließfach in einer Bank hinterlegt.

Was für eine unglaubliche Geschichte, die Sie sich da ausgedacht haben! Und, meine Damen und Herren, sie wird noch besser. Über eine Freundin nahmen Sie Kontakt mit einem Geschichtsprofessor auf und boten ihm die Dokumente zur Ansicht an. Der wiederum informierte weitere Kollegen über die zu erwartenden, angeblich sensationellen, Enthüllungen. Führende Historiker warteten von da an gespannt auf die Öffnung des Tresorfaches und auf die Geheimnisse der Tagebücher. Die Fachwelt glaubte, dass man möglicherweise neue Kapitel in die Geschichtsbücher einfügen müsste. Sie haben die Veranstaltung in der Bank inszeniert wie ein Weihnachtsfest. Ein Kamerateam und Reporter von einem Nachrichtensender berichteten exklusiv und Ihre Zuschauer warteten wie kleine Kinder mit leuchtenden Augen darauf, die Geschenke, sprich die Tagebücher, auszupacken. Es schien alles perfekt zu passen. Die Bücher geschrieben in ungarischer Sprache, in einheitlicher Schrift, viele Details zu der Vernichtung der Juden. Sie haben geschickt bereits bekannte Schilderungen aus Büchern oder aus dem Internet abgeschrieben und mit eigenen, frei erfundenen Geschichten garniert. Sie haben sich viel Mühe gegeben, diese Opfermemoiren zu verfassen, das muss man Ihnen lassen. Alles haben Sie selbst geschrieben, nur Sie und niemand anders. Kein Onkel oder sonst wer, das hat unser Schriftgutachten eindeutig ergeben.

Aber Ihnen ist ein Fehler unterlaufen. Der Fehler, den jeder früher oder später macht, jeder, der glaubt, sein Lügengebäude sei umso perfekter, je wahnwitziger die Geschichte sei. Der eine Fehler, der letztendlich alles auffliegen lässt. Wie konnte Ihnen so ein Fauxpas nur unterlaufen? Sie wissen nicht, wovon ich spreche? Ich werde es Ihnen verraten. Ich zitiere jetzt aus dem dritten Tagebuch Ihres erfundenen Onkels:

»Hitler stand vor mir und sah mich an. Seine Mundwinkel sanken herab, in den Augen stand Verachtung. Dann klopfte er mir auf die Schulter. Ich schluckte und schrak zusammen. Ich streckte den Arm aus, hob die Hand und sagte »Heil Hitler«. Im selben Augenblick schämte ich mich zutiefst. Ich als Jude grüßte unseren schrecklichsten Feind. In diesem Moment wünschte ich, er hätte mich auf der Stelle erschossen.« Zitat Ende.

Sie haben in die Memoiren Ihres Onkels seine Begegnung mit Hitler in Auschwitz eingeflochten. Ja, das war Ihr entscheidender Fehler. Wussten Sie es denn nicht? Hitler war nie in Auschwitz.«

Parker ist ein guter Junge

Verdammte Bullenhitze in diesem Kabuff. Der große Zeiger der Wanduhr gegenüber kriecht im Schneckentempo auf die eins zu. Jetzt sind es schon fast zwei Stunden, die ihr Scheißkerle mich hier warten lasst.

Außer mir gibt es nur eine dicke Schmeißfliege in dieser stinkenden und muffigen Kammer. Das Viech krabbelt die nackte weißgekälkte Wand hinauf. Oben in der Ecke lauert eine Spinne in ihrem Netz. Aber die Fliege biegt kurz vor der Falle ab und schlägt einen Bogen.

Ha, gar nicht blöd, Fliege. Genau so muss man es machen. Ihr denkt bestimmt, ich gehe euch ins Netz. Da habt ihr euch aber geschnitten. Den Gefallen tue ich euch nicht. Egal, wie lange ihr mich hier noch sitzen lasst.

Die Tür fliegt auf und ich spüre einen leichten Windzug in meinem Nacken.

»Sorry, dass es so lange gedauert hat, Mrs. Kazinsky.«

Spar dir den Spruch. Als ob du das bedauerst. Hast du extra gemacht. Hundertpro. Willst mich weichkochen. Aber nicht mit mir.

»Mein Name ist Detective Perrini. Wir müssen uns unterhalten.«

103

Müssen wir? Von wegen. Gar nichts muss ich, Spaghetti.

Der faltige Italo-Cop pflanzt sich mir gegenüber an den abgeschabten Holztisch, in den schon tausende Bullenopfer vor Wut gebissen haben.

»Ihr Name ist Cindy Kazinsky. Geboren am 15. Juli 1973?« Der spindeldürre Detective sieht mich fragend an. Ich knicke mir die Antwort.

»Also ja. Sie wohnen 8368 South Baker Ave, Chicago?«

Gut abgelesen, Spaghetti.

»Und Ihr Sohn Parker wohnt auch bei Ihnen?«

Du kannst mich mal. Das geht dich die Bohne was an.

»Mrs. Kazinsky, so kommen wir nicht weiter. Sie helfen Ihrem Sohn nicht, wenn Sie nicht mit uns kooperieren.«

Wer macht schon mit den Cops gemeinsame Sache? Schon mein Vater und sein Vater haben allen in der Familie bei jeder Gelegenheit eingebläut: Wenn die Cops euch fragen, sagt bloß nichts.

»Cindy, Mrs. Kazinsky, ich darf Sie doch Cindy nennen?«

Jetzt versuchst du es also auf die Kumpel-Tour. Cindy hin, Cindy her. Vergiss es. Bei mir beißt du auf Granit.

»Cindy, Ihr Sohn Parker ist 28 Jahre alt. Und er wohnt immer noch bei Ihnen.«

»Was dagegen?« Klugscheißer.

»Natürlich nicht. Aber die meisten Söhne in dem Alter haben eine Familie oder eine eigene Wohnung.«

»Er eben nicht. Na und?«

Worauf will der Typ hinaus? Der Spaghetti legt den Kopf schief. In seinen Segelohren kann man glatt ne Mini-Pizza verstauen.

»Was arbeitet er denn?«

»Verschiedenes.«

»Erklären Sie mir das genauer, Cindy.«

»Na, Verschiedenes eben. Also dies und das.« Vielleicht ist es nicht schlecht, dem Cop einen Happen zu servieren. »Bei Cabrales Repair Service zum Beispiel.«

»Die Autowerkstatt an der South Commercial Avenue?«

»Genau die.«

»Arbeitet er da immer noch?«

»Ne, ist schon länger her. Der Halsabschneider hat zu schlecht gezahlt.«

»Und seitdem?«

Typisch Cop. Gibt man denen den kleinen Finger, nehmen sie gleich die ganze Hand.

»Mann. Was weiß ich.«

Mein Kopf juckt und es ist stickig wie in nem Box-Gym hier drin.

»Armando`s Tire Shop.«

»Zur Zeit?«

Was will der Typ von mir? Und was von Parker?

105

»War nichts für ihn. Der Chef war ne verdammte Niete. Er sucht sich gerade was Besseres.«

»Das heißt, er hat jetzt keinen Job?«

»Er hilft mir.«

»Wobei?«

»Na ja, im Haus und so.«

»Und Sie arbeiten was, Cindy?«

»Kann nicht. Rücken kaputt.«

»Und wovon leben Sie?«

»Sozialhilfe. Was denken Sie? Und Parker bringt auch immer was nach Hause. Er ist ein guter Junge.«

Perrini kritzelt irgendetwas auf seinen Block, der vor ihm auf dem abgewetzten Tisch liegt.

»Aber woher das Geld stammt, wissen Sie nicht?«

»Seine Sache. Und ich frag ihn auch nicht. Hauptsache, er bringt was.« Meine Zunge klebt am Gaumen. »Habt ihr hier nicht mal ne Coke? Ich hab einen Scheiß-Durst.«

»Gleich, Cindy.«

»Ne, nicht gleich. Ich sag nix mehr, wenn ich nicht ne Coke kriege. Und zwar ne große, klar?«

Ich schiebe den Stuhl zurück und gucke demonstrativ zur Uhr. Perrini sieht mich an, nach geschätzten neunzig Sekunden steht er wortlos auf und dackelt zur Tür.

Wer sagt es denn. Man darf nicht kuschen vor den Cops. Selbst die Bedingungen stellen. Dann läuft`s. Was ist bloß los mit Parker?

Nach ein paar Minuten kommt Perrini zurück und stellt mir eine kalte große Pepsi-Cola hin.

»Das ist ja ne Pepsi. Ich wollte ne Coke.«

»Gibt es hier nicht. Wir haben nur Pepsi. Entweder die oder keine.«

Spielt der Spielchen mit mir? Aber vielleicht stimmt die Geschichte ja. Ist eben doch ein Scheißladen hier. Noch nicht mal ne echte Coke haben die. Ich setze die Pepsi an und jage ein Drittel in einem Zug meine Kehle runter.

»Okay Cindy, weiter. Also Parker bringt Geld nach Hause, obwohl er keinen Job hat.«

»Mann, vielleicht hat er wieder einen. Seine Sache.«

»Kriegt er manchmal Besuch zu Hause?«

»Ne.«

»Verkehrt er mit merkwürdigen Typen?«

»Was weiß ich, mit wem er sich trifft. Er ist erwachsen. Ich kümmere mich nicht um seine Angelegenheiten.«

»Wann haben Sie ihn das letzte Mal gesehen?«

Aha. Jetzt kommt die Cop-Spinne auf mich zu. Achtung, aufpassen. »Hm. Heute?«

»Denken Sie genau nach, Cindy.«

»Oder gestern.«

»Sicher?«

Natürlich nicht. Parker kommt und geht, ohne mir was zu sagen. Manchmal ist er tagelang weg. Aber das werde ich dem Spaghetti garantiert nicht auf die Nase binden.

»Yep.«

»Hat Ihr Sohn ne Waffe?«

»Weiß nichts davon.«

Scheiße, verdammte, wo führt das hin?

»Nie gesehen?«

»Sag ich doch.«

»Mrs. Kazinsky, Ihr Sohn steckt in großen Schwierigkeiten.«

Ah, jetzt bin ich wieder Mrs. Kazinsky für dich. Aber ich lass mich nicht einlullen von dir. Als unsere Familie im vorigen Jahrhundert Warschau verließ und in die Staaten auswanderte, flüchteten wir vor den Bullen in der Heimat. Und in New York waren wir immer auf der Hut vor euch Cops und jetzt hier in Chicago auch.

»Er hat am Nachmittag in Hyman`s Hardware einen Polizisten erschossen und sich dann dort mit mehreren Geiseln verschanzt.«

Vorsicht, Falle.

»Glaub ich nicht.«

»Ist aber Fakt.«

»Woher wisst ihr, dass es Parker ist?«

»Der Baumarkt ist videoüberwacht. Wir haben ihn identifiziert.«

»Mein Junge macht sowas nicht.«

Perrini nestelt an seinem I-Phone herum und schiebt es mir rüber. Ein Video startet auf dem Display.

»Sehen Sie selbst, Cindy. Der Typ mit der Pumpgun ist Ihr Sohn.«

Gestochen scharf, das Teil. Könnte Parker sein.

»Hm. Der Typ da sieht meinem Sohn ein bisschen ähnlich. Mehr nicht.«

»Sehen Sie genau hin.«

»Ist er nicht.«

Das kannst du dir sonst wo hinstecken. Ich hau meinen Jungen nicht in die Pfanne. Niemals.

»Wir haben sein Gesicht mit Daten, die wir im Computer haben, abgeglichen.«

Wieso habt ihr Mistkerle was von Parker im Computer?

»Wir sind uns sicher, dass er es ist.«

»Ne, ist er nicht.«

»Sie können ihm helfen, wenn Sie ihn davon überzeugen, aufzugeben und die Geiseln freizulassen.«

Ich euch helfen? Vergiss es. Ihr müsst eure Probleme schon selber lösen. Und Parker macht sein Ding. Hat er immer getan.

»Ich sag`s noch mal. Das ist er nicht. Parker macht sowas nicht. Vielleicht ist er in der Zwischenzeit längst nach Hause gekommen.«

»Ist er nicht, Cindy. Vor Ihrem Haus steht ein Wagen mit Kollegen und passt auf. Niemand ist in der Zwischenzeit gekommen.«

Ah, ihr seid euch doch nicht so sicher, ob er es ist. Wusste ich`s doch. Schon halb zwei. Mein Magen knurrt.

»Habt ihr hier nicht was zu essen? Um diese Zeit krieg ich immer Hunger. Ne Tüte Chips wäre okay.«

Der Spaghetti sieht mich an, als ob ich vom Mars komme. »Chips? Nachts um halb zwei?«

»Chips gehen immer, Detective.«

»Ich weiß nicht, ob wir hier sowas haben.«

»Sie schaffen das schon. Ohne Chips brauchen wir hier nicht mehr weiter zu reden.«

Perrini steht auf, schiebt das Smartphone in seine ausgebeulte Hosentasche und verlässt den Raum.

War das Parker in dem Video? Sah ihm schon verdammt ähnlich, der Typ. Das kann doch nicht sein, dass der Junge so einen Mist macht. Hab ich ihm nicht beigebracht, sich niemals erwischen zu lassen? Das war immer das Motto in unserer Familie. Egal, was du anstellst, lass dich nicht von den Cops schnappen.

Wo ist eigentlich die Fliege? Nirgendwo zu sehen. Ist sie der Spinne ins Netz gelaufen? Oder hat sie sich versteckt? Ah, da krabbelt sie unter dem Tisch auf meinen Fuß zu. Spaziert in aller Gemütsruhe über den rechten Sneaker. Jetzt die Wade hoch. Die Uhr tickt. Wo bleibt der Spaghetti? Ich hab einen verfluchten Hunger. Kann doch nicht sein, dass es in diesem Scheiß-Polizeiladen nichts zu beißen gibt. Jetzt kriecht das Vieh über meinen nackten Arm. Ihr beobachtet mich doch bestimmt mit irgendeiner versteckten Kamera. Seht ihr? Ich tu der Fliege nichts. Ich könnte sie totschlagen. Mach ich aber nicht. Wir Kazinskys bringen niemanden um. Keine Fliege, keinen Menschen. Seht ihr Bullen das?

Die Tür fliegt wieder auf, Perrini segelt mit einer Tüte Lays herein.

»Hier, Cindy.«

»Wurde aber auch Zeit, Detective.«

Die Tüte aufreißen, Hand rein und einen Haufen Chips in den Mund stecken, sind eine Sache von drei Sekunden. Die salzige Schärfe ist genau richtig.

»Extra hot and spicy ist gut.«

»Schön. Dann weiter.«

Jetzt kommt`s.

»Cindy, Sie müssen Ihren Sohn überreden, dass er aufgeben soll.«

»Wie das?«

»Wir bringen Sie hin und Sie sprechen mit ihm. Sie müssen ihm sagen, dass er den Wahnsinn beenden soll.«

»Sie meinen, wenn er da drin ist.«

»Mrs. Kazinsky, das ist Ihr Sohn in Hyman`s Hardware. Das wissen Sie genauso gut wie wir.«

Macht es Sinn, sich weiter dumm zu stellen? Sonst immer ne gute Taktik bei den Cops. Aber wenn Parker tatsächlich einen von ihnen auf dem Gewissen hat, was dann?

»Kommen Sie mit und überzeugen Sie ihn, aufzugeben, bevor noch mehr passiert.«

Wenn er einen Cop gekillt hat, dann lauern die doch nur darauf, meinen Jungen abzuknallen.

»Bisher hat er all unsere Versuche, ihn zum Aufgeben zu bringen, ignoriert. Sie müssen ihn umstimmen, sonst wird es kein gutes Ende für ihn

111

nehmen. Und Sie wollen sich doch nicht hinterher vorwerfen, dass Sie nicht alles getan haben, ihn zu retten?«

Ich hab`s ja gewusst. Erpresser.

»Okay, Detektive. Gehen wir.«

Ich stecke mir noch ne Handvoll Chips in den Mund und schiebe den Holzstuhl weg. Mein Hintern ist fast festgebacken darauf. Die Tüte mit den restlichen Lays nehme ich mit. Man weiß ja nie.

»Muss erst noch zur Toilette.«

Perrini öffnet mir die Tür.

»Klar doch, Cindy. Da vorn. Danach fahren wir direkt los.«

Auf dem Weg zu den Waschräumen stehen etliche Cops Spalier. Glauben die, dass ich mich vom Acker mache? Meinen Parker im Stich lasse? Oder haben die nichts Besseres zu tun?

In drei Minuten bin ich fertig und wir marschieren zu dem schwarzen Kleinbus mit abgedunkelten Scheiben, der vor dem Office mit geöffneten Türen und laufendem Motor parkt. Außer dem glatzköpfigen Fahrer hocken bereits noch zwei Cops drin. Perrini springt nach mir auf den Sitz und winkt dem Typen am Lenkrad.

»Okay, fahr los, Mick. Wir haben keine Zeit zu verlieren.«

Glatze Mick schiebt den Automatikhebel in die Drive-Position und gibt so viel Gas wie unsere Jungs beim Overton`s 400-Rennen in Joliet. Wir brausen nach Süden über die South Michigan Avenue, dann in die Pershing Road und auf den Interstate-Highway 90 nach Süden. Nach knappen fünfzehn Minuten dreht Glatze Mick ne 180-Grad-Kehre, dass mir die Chips vom Magen zurück an den Gaumen rutschen.

Verdammt, bin ich ne Kuh, die nochmal kauen muss? Wenn der so weiter fährt, kommt keiner von uns lebendig bei Hyman`s Hardware an.

Die Glatze dreht ne flotte Links-rechts-Kombi in die South Chicago Ave und die South Colfax Ave und eine stramme 90-Grad-Biege rechts in die East 87. Street. Wir hängen in unseren Sitzen wie Äffchen in der Schaukel. Noch 150 Yards bis zum Laden. Rechts auf der großen Parkfläche steht eine Armada von Polizeikutschen, alle in blauroter Festbeleuchtung und mit Scheinwerfern auf Hyman`s Eingang gerichtet. Ein paar Krankenwagen bilden die zweite Reihe.

Verdammt, das sieht nicht gut für meinen Jungen aus.

Mick parkt unseren Minibus in der ersten Reihe gegenüber Hyman`s Eingangstür. Perrini steigt aus und quatscht mit einem quadratischen Kleiderschrank, der hier wohl das Kommando der Einsatztruppe hat. Sie gestikulieren hin und her. Noch zwei andere Cops stellen sich dazu und fuchteln auch herum.

Was soll das? Müssen die erst noch nen Plan machen?

Perrini winkt zum Wagen. Meint der mich?

»Kommen Sie, Cindy.«

Ah, Kaffeekränzchen beendet.

»Wir werden Ihren Sohn jetzt per Megaphon informieren, dass Sie hier sind und ihn sprechen wollen.«

Megaphon? Spaghetti, wir befinden uns im 21. Jahrhundert, falls du es noch nicht bemerkt hast.

»Ich hab mein Smartphone dabei.«

»Kein Zweifel. Wir alle. Aber Ihr Sohn hat seins ausgestellt. Wohl, damit wir ihn nicht orten können.«

Bist doch ein cleveres Bürschchen, Parker. Mein Junge eben.

»Okay, Detective, her mit der Tröte.«

Spaghetti hält mir das Blech-Ding hin.

»Hier in das Mikro sprechen. Sagen Sie ihm, dass er sich ergeben soll. Dass er rauskommen soll, mit erhobenen Händen und ohne Waffen. Dann geschieht ihm nichts. Sagen Sie ihm das. Klar?«

Glasklar. Bin doch nicht blöd. Ich richte das Teil auf Hyman`s Eingang.

»Hi Parker. Hier spricht deine Mom. Falls du da drin bist, hör mir mal zu.«

Ich gucke Perrini an, der nickt mir zu und hebt den Daumen.

»Parker mach keinen Scheiß. Komm raus und ergib dich.«

Perrini knufft mich in die Seite.

»Er soll die Geiseln erst rausschicken. Alle. Dann passiert nichts.«

»Parker, schick erst die Leute raus. Dann kommst du. Und schmeiß die Knarre weg.«

Drüben bewegt sich nichts. Fenster, Türen, alles verrammelt. Noch nicht mal ne Funzel zu sehen.

»Sag ich doch, Detective. Parker ist nicht da drin.«

»Und ob er das ist. Der Kerl stellt sich taub. Das wird ihm nicht bekommen.«

Spaghetti latscht zu dem Kleiderschrank und die beiden labern wieder ne Runde. Die Schwarzenegger-Kopie palavert in sein Funkgerät und sie beobachten den Hardware-Laden, genau wie die Cop-Armada in zweiter Reihe, die ihre Gewehre angelegt hat. Als ob da drüben gleich ne Armee Russen rausmarschiert. Was soll der Spuk?

Ein paar Cops machen sich auf dem Dach zu schaffen. Müssen von hinten hochgeklettert sein. Mein Magen rebelliert. Ich leg noch Chips nach, bis die Tüte leer ist. Ist ja fast wie vor der Glotze, nur dass das hier unser Hyman`s ist. Und mein Parker da drin ist.

Die Typen auf dem Dach sind verschwunden. Wohin? Scheiße, jetzt wird es eng für meinen Jungen.

Drüben knallt es. Einmal, zweimal, dreimal. Dann Stille. Schwarzenegger redet mit einem am Funk. Dann hebt er den Daumen zu Perrini.

Mir wird schlecht. Und schwindelig.

Nach zehn Sekunden fliegt die Tür auf, ein Cop leitet die Leute, die im Baumarkt waren, raus. Sanitäter und Hilfskräfte der Krankenwagen nehmen die Menschen in Empfang.

Wo ist mein Junge?

»Perrini. Ist Parker da drin?« Ich zupfe Spaghetti am Ärmel. »Mann, sagen Sie schon. Ist mein Junge da drin?«

»Mrs. Kazinsky, es tut uns leid. Er hat sich nicht ergeben.«

»Was sagen Sie da?«

»Er hat all unsere Aufforderungen ignoriert.«

»Ihr habt ihn einfach erschossen?«

»Er hat nicht aufgegeben.«

»Einfach abgeknallt?«

»Er hat auch nicht auf Sie gehört, Cindy.«

»Ihr seid Mörder, nichts anderes.«

»Cindy, Ihr Sohn hat einen Menschen umgebracht und viele andere als Geiseln genommen.«

»Verdammte Killer-Cops. Ihr wolltet ihn umbringen, von Anfang an.«

»Ihr Sohn ist ein Verbrecher.«

»Ich glaub euch kein Wort. Wär ja nicht das erste Mal, dass ihr einen Unschuldigen abknallt. Mein Parker ist ein guter Junge.«

116

Strange Fruit

Es gibt Musik, die fasst deine Seele an. Sie berührt dich so tief in deinem Inneren, dass du sie mit allen Sinnen erlebst. Hörst du den Klang, dann siehst du Farben. Du riechst, schmeckst, fühlst Text und Ton mit jeder Nervenzelle. Einmal gehört brennt sich die Musik ein in dein Ohr, Gehirn und Herz. Für immer.

An einem Samstagnachmittag Mitte der achtziger Jahre hörte ich »Strange Fruit« das erste Mal.

In jenem Jahrzehnt der elektronischen Musik kreierte die Neue Deutsche Welle mit Nena, Hubert Kah, Spliff und Ideal ein völlig neuartiges und frisches Lebensgefühl.

Bands wie Depeche Mode, Culture Club, OMD, New Order, Eurythmics, Ultravox, Pet Shop Boys, Talk Talk, Camouflage und The Sisters of Mercy zelebrierten den internationalen New Wave.

Auch wenn der Höhepunkt überschritten war, auch die Discomusik lebte noch: Rick Astley, Mel & Kim, Kylie Minogue, C. C. Catch, Modern Talking und Sandra.

Und unverdrossen spielten einige Bands Metal: Black Sabbath, Iron Maiden, Judas Priest, Mötley Crüe, Bon Jovi, Whitesnake, Poison. Dann erklangen erste Rap- und Hip-Hop-Töne von der Sugarhill Gang, den Beastie Boys und den Fat Boys. Sie läuteten ein neues musikalisches Zeitalter ein.

In dieser bunten musikalischen Gemengelage lauschte ich der anklagenden und zerbrechlichen Stimme der Lady Day, die mich tief in die Vergangenheit entführte.

Billie Holiday, geboren 1915 in Philadelphia, gestorben 1959 in New York, gilt als eine der einflussreichsten Jazz-Sängerinnen des zwanzigsten Jahrhunderts. Als erste schwarze Sängerin tourte sie in den dreißiger Jahren mit ausschließlich weißen Musikern durch Amerika. Sie trat mit Artie Shaw und Count Basie auf und sang für Benny Goodman und Duke Ellington. Den Spitznamen Lady Day gab ihr Lester Young, der Poet des Saxophons.

Sie besaß eine unverwechselbare, unvergleichliche Singstimme. Nicht wirklich gut, nicht klassisch, nicht ausgebildet, aber so packend und ergreifend, dass man sich ihrem Sog einfach nicht entziehen konnte, hatte man sie nur ein einziges Mal gehört, hatte man sie nur einmal in sein Herz gelassen. Die musikalischen Zwischentöne formte sie so differenziert wie keine andere. Mit ihrem Timing und Timbre spielte sie mit den Worten, um deren Bedeutung zu verändern oder umzukehren.

Wenige noch existierende Dokumentarfilm- und Tonaufnahmen zeugen heute von ihrer außergewöhnlichen Kunst, Musik auf ihre einzigartige Art und Weise zu interpretieren.

Stetes leuchtete eine weiße Gardenie in ihrem schwarzen, straff hinten zusammengefassten Haar. Sie hielt die Augen geschlossen, stand auf der Bühne im Lichtkegel eines einzigen Spotlights und sang »Strange Fruit«, das Lied, das das Publikum erschütterte wie kaum eines je zuvor.

In den fünfzehn Jahren darauf hörte ich »Strange Fruit« unzählige Male. Je intensiver ich in die Noten und den Text eintauchte, umso deutlicher sah ich das Lied als farbiges Bild vor meinem geistigen Auge. Es war das erste Jahr des neuen Jahrtausends, als ich die Nadel meines Plattenspielers auf das schwarze Vinyl aufsetzte, Pinsel und Ölfarbe ergriff und an meine Staffelei trat.

Leise und zart setzte die Musik mit Frank Newton an der Trompete ein. Die Saxophonisten Tab Smith, Kenneth Hollon und Stanley Payne breiteten einen sanften Klangteppich aus wie eine leichte Brise am Abend. Am Klavier schlug Sonny White langsam und schleppend die Töne an.

Schwarz. Viel Schwarz. Noch ist die Leinwand weiß, aber sie muss schwarz werden. Tiefschwarz.
Schwarze Stimme, schwarze Haut. Sprach sie oder sang sie? Ihr Timbre ging unter die Haut, meine Haut, unendlich tiefer als andere Stimmen je zuvor. Ich fühlte schwarz.

Schwarze Körper schwingen im Wind des Südens

Schwarze Körper - die Leinwand, sie muss dick und schwer mit Ölfarbe bedeckt sein. Mein Pinsel streicht das Schwarz Schicht um Schicht, immer schneller, bis das Weiß der Leinwand ausgelöscht ist.

Ihre Stimme traf meine Nerven, hallte wider in meinem tiefsten Inneren. Sie krächzte, sie vibrierte, jeder Ton war Leben, bittere Erfahrung, Tod.

Die Bäume des Südens tragen seltsame Früchte

Grün muss noch dazu, für den Baum. Den Baum des Todes. Aber nur ein wenig, denn das Grün ertrinkt in Blut. Im Blut der Früchte.

Ihre Stimme brach. Genau wie ihre Existenz. Trauer und Demütigung, Drogen und Tod klangen in jeder Note. Eine Gänsehaut überzog mich, ich fühlte die gewitterschwere Hitze des Südens, doch gleichzeitig überkam mich ein Frösteln. Der kalte Schauer des gewaltsamen Todes.

Blut auf den Blättern, Blut an den Wurzeln

Rot ist der Tod. Das Rot, das Blut, es tropft vom Baum, dick und schwer bis an seine Wurzeln. Mein Pinsel fährt vom Baum zum Boden. Mehr Rot, Cad-

mium tiefrot, Zinnoberrot, übereinander, nebeneinander, ineinander, wild fließend. Fast ist das Grün
des Baumes ertrunken im Rot des Blutes.

Der Duft der Magnolien, süß und frisch

Ihre Stimme schwamm in meinem Blut, die
schwüle Hitze des Südens stieg in meinem Inneren
auf, umklammerte meine Stirn wie im Fieber. Ich
roch den betörenden Duft der Magnolien, doch unvermittelt erstickten Feuer, Rauch, Verbrennung und
Tod das Bouquet des Südens.

Dann der plötzliche Geruch von verbranntem Fleisch

Der knorrige alte Baum, schändlich missbraucht
für die Lynchjustiz der Weißen - er brennt wie Zun-
der, Funken sprühen – es muss noch Weiß hinzu, für
die Glut. Weiß, dick und pastös. Weg mit dem Pinsel, er ist zu schwach für die schwere Farbe. Ich
nehme den Spachtel, trage mehr weiße Farbe auf.
Und dann wieder Rot, noch mehr helles Rot. Für
noch mehr Blut. Das Blut der Frucht des Baumes.

Eine Frucht, die in der Sonne verrotten und vom Baum
fallen wird

Ihre Stimme schaltete mein Gehirn endgültig aus,
ich hörte die Farben, ich sah die Töne. Wie im
Rausch verschmolz alles miteinander. Stand ich am

Fuße des Baumes? Die Südstaaten, waren sie Vergangenheit oder doch Gegenwart? Ein Hier und Jetzt an Orten mit anderen Namen? Der Schmerz des Todes zerrte und riss an meinem Herz.

Ich muss die Farbe fühlen, der Spachtel stört. Ich drückte die Paste aus der Tube in meine bloße Hand, verteile sie mit meinen Fingern. Ich fühle das Rot, fühle das Blut, fühle das Schwarz, fühle Feuer und Verbrennen, die Leinwand explodiert.

Der letzte Ton verklang. Atemlose Stille, dann kamen die Zuhörer langsam zur Besinnung und der Applaus schwoll an. Der Spot ging aus, Lady Day verließ die Bühne. Wortlos. Denn jedes weitere Wort war und ist eines zuvil.

Mein Bild ist vollendet.

Nachwort

Strange Fruit wurde erstmals 1939 von Billie Holiday im New Yorker Café Society gesungen. Abel Meeropol, ein russischer Jude aus der Bronx komponierte und textete das Lied, das die Lynchmorde an den Afroamerikanern in den Südstaaten anprangerte. Das Time Magazine kürte dieses Lied, mit dem Billie Holiday Weltruhm erlangte, 1999 zum Song des 20. Jahrhunderts.

Der Originaltext lautet:

Southern trees bear a strange fruit
Blood on the leaves and blood on the root
Black bodies swinging in the southern breeze
Strange fruit hanging from the popular trees.

Pastoral scenes of the gallant south
The bulging eyes and the twisted mouth
Scent of magnolias, sweet and fresh
Then the sudden smell of burning flesh.

Here is a fruit for the crows to pluck
For the rain to gather, for the wind to suck
For the sun to rot, for the trees to drop
Here is a strange and bitter crop.

Zwanzig Minuten

07.20 Uhr, Hauptbahnhof Gelsenkirchen.

Die Straßenbahnlinie 302 Richtung Buer Rathaus trudelt mit quietschenden Bremsen ein. Türen öffnen sich und spucken einen Schwall Menschen aus, gehetzt auf dem Weg zur Arbeit oder in die Schule. Der vornehme Mittsiebziger im leicht angestaubten beigebraunen Trench drängelt ungeduldig in die Bahn, kaum dass alle ausgestiegen sind. Die türkische Mutter in schwarzen Leggins unter dem kniebedeckenden Jeansrock müht sich beim Einstieg vergeblich mit ihrem Kinderwagen. Ein gepiercter, an den verschlissenen Jeans kettenbehangener, bis auf einen orange gefärbten Irokesenkamm kahlgeschorener Punk kommt ihr in abgeschabten Springerstiefeln zu Hilfe und hebt die Säuglingskutsche in die Bahn. Ich quetsche mich zwischen einen hochgewachsenen Japaner im eng geschnittenen Businessanzug, der auf einem geöffneten Laptop auf den Knien fleißig eine Präsentation tippt, und eine mütterlich dreinblickende russische Matrone, die ein abgegriffenes, über fünfhundertseitiges dickes Taschenbuch in kyrillischer Schrift auf ihrem überdimensionalen Busen hält, auf einen Sitzplatz.

07.22 Uhr, Heinrich-König-Platz.

Ich sehe auf die Armbanduhr. Um acht Uhr beginnt mein Vorstellungsgespräch. Die geöffnete

Strickjacke der Türkin enthüllt, dass sie erneut Nachwuchs erwartet. Der Mittsiebziger platziert sich in der Sitzreihe gegenüber und legt seine Aktentasche akkurat auf dem Schoß ab. Er mustert die werdende Mutter von unten nach oben, zieht die Mundwinkel pikiert abwärts und schüttelt demonstrativ den Kopf. Für alle Mitfahrenden vernehmlich teilt er seinem Nachbarn, einem griesgrämig dreinblickenden Rentner, dessen abgewetzte braune Cordhose und kariertes Jackett mit Lederflicken auf den Ellbogen auch schon bessere Tage gesehen haben, mit: »Typisch. Das Einzige, was die können, ist Kinder kriegen und vom Kindergeld leben. Und wir bezahlen.«

Die Cordhose stützt sich auf seinen Spazierstock und nickt: »Un selber zahlen se nix inne Kasse ein. Unsereins hat dat janze Leben malocht un kricht auch nich mehr als die da.«

07.23 Uhr, Musiktheater.

Drei Männer zwischen sechzehn und zwanzig Jahren in komplett schwarzem Outfit steigen in die Bahn ein. Ihre T-Shirts spannen über den im Gym auftrainierten Bizeps- und Pectoralismuskeln, ein Pfund Gel stylt die dunklen Rest-Haare in angesagtem superkurzen Schnitt. Zahlreiche Tattoos zieren ihre nackten Arme und an den Hälsen und Handgelenken baumeln schwere Goldketten. Die drei Karikaturen von Gangsta-Rappern versprühen eine

Überdosis Testosteron und rempeln die im Gang vor ihnen stehenden Passagiere an.

07.24 Uhr, Kennedyplatz.

Die russische Matka drückt die Tasche an ihren prallen Leib. Ihr Kopf verschwindet hinter ihrem abgegriffenen Buch, das bestimmt schon jeder in der der gewiss nicht kleinen Familie gelesen hat. Ein krachender Nieser erschüttert jählings ihre zweihundert Pfund Lebendgewicht. Macho eins, der direkt vor ihr steht, springt einen Schritt zurück.

»Ey du Opfer, rotz mich nicht an.«

Er ist der Kräftigste des schwarzen Trios und gibt den Wortführer. Er wischt demonstrativ sein T-Shirt ab und beugt sich zu der russischen Mittfünfzigerin hinab. Ihr kaum vorhandener Hals verschwindet völlig zwischen den Schultern. »Entschuldigung« haucht sie und umkrallt mit zitternden Händen Tasche und Buch.

07.26 Uhr, Grillostrasse.

Der Anführer steht breitbeinig vor ihr.

»Ey, was liest du?«

Er reißt ihr die Lektüre aus den Händen, stößt seinen Kumpel mit der Schulter an und hält ihm das Buch unter die Nase.

»Ey Bro, hasse sowas schomma gesehen?«

Macho zwei dreht es von rechts nach links, oben nach unten und hinten nach vorne.

»Wer liest denn son Scheiß?«

Er drückt den Wälzer dem Dritten in die Hand.

»Fürs Klo.«

Macho drei blättert den Schmöker herablassend durch und wirft ihn der Frau in den Schoß zurück.

»Yo, fürs Klo.«

Die Gesichtsfarbe der russischen Matrjoschka wechselt in Sekunden von Rot in eine wächserne Blässe.

07.29 Uhr, Schalker Meile.

Der Kräftige stemmt die Hände in die Hüften, schiebt das Becken vor und stellt die Beine noch ein bisschen breiter auf.

»Steh auf, Alte. Ich will sitzen.«

Keiner der Anwesenden spricht noch ein Wort. Einige Fahrgäste schauen angestrengt auf einen imaginären Fleck auf dem Fußboden der Bahn, andere mustern interessiert die abgewirtschafteten Häuserzeilen der vorbeiziehenden Kurt-Schumacher-Straße mit den blauweißen Zeichen der ruhmreichen Schalker Vergangenheit. Die Russin schaut sich hilfesuchend nach allen Seiten um.

»Es gibt doch dahinten noch freie Plätze. Ich sitze hier.«

»Los King, zeig ihr, wer Chef ist.« Seine Kumpels grinsen überlegen, fahren sich mit den Händen durch die gegelten Haare, schlagen die Fäuste aneinander. Ihr Anführer wächst nochmal fünf Zentimeter.

»Kannste nich hören, Alte? Dat is mein Platz.«

127

07.31 Uhr, Stadthafen.

King packt die Russin an ihrem Haarknoten und zieht sie mit einem Ruck vom Sitzplatz hoch. Tasche und Buch poltern zu Boden. Der geschniegelte Japaner erhebt sich geschmeidig wie eine Katze, legt den Laptop bedächtig auf den Sitz und stellt sich neben sie.

»Lassen Sie die Frau in Ruhe.« Seine Stimme ist leise und unaufgeregt.

»Ey Spacko, du hass hier ga nix zu melden.«

Die schwarze Nummer eins hält dem asiatischen Gentleman die rechte Faust unter die Nase.

»Treten Sie zurück.«

Seine japanische Gelassenheit lässt Kings Gesicht rot anlaufen.

07.33 Uhr, Willy-Brandt-Allee.

Der Japaner im feinen Zwirn tritt einen Schritt beiseite, Kings rechter Schwinger saust an ihm vorbei. Der Mann aus dem Land der aufgehenden Sonne packt Kings Arm und dreht ihn in einer einzigen fließenden Bewegung dem Angreifer auf den Rücken. Ein Fußkick in die Kniekehle befördert den überraschten Burschen mit den Knien auf den Boden.

»Sie lassen jetzt die Frau in Ruhe. Verstanden?«

Kings Kumpel bauen sich drohend beidseits neben dem Mann aus dem Land der aufgehenden Sonne auf.

»Der Japse meint doch echt, wat melden zu müssen.«

07.35 Uhr, Veltins-Arena.

Betont lässig tritt der Punk mit dem Sex Pistols-Aufnäher auf seiner löchrigen Jeansjacke hinter den Business-Japaner.

»Mit drei auf eine Frau gehen, das ist alles, was ihr drauf habt. Wolln mal sehen, was ihr Luschen jetzt noch zu melden habt.«

Er löst eine Kette vom Gürtel, wickelt sie zweimal um die rechte Hand und fixiert die beiden Großmäuler. Macho drei zieht sein Springmesser aus der Hosentasche.

07.38 Uhr, Bergmannsheil.

Ich schaue zum erblassten Cordhosen-Rentner.

»Schnell, Ihren Spazierstock.«

Ich packe seine abgeschabte Gehhilfe an beiden Enden und baue mich ebenfalls hinter dem Japaner rechts von dem Sex Pistols-Fan auf. Die junge türkische Mutter zieht aus dem Korb des Kinderwagens einen knallroten Regenschirm und stellt sich an die linke Seite des Punks. Mit einer für ihre Leibesfülle erstaunlichen Beweglichkeit taucht die russische Matrone aus der Tiefe auf. Sie pfeffert die kyrillische Schrift Macho drei mit dem Schwung einer geübten Diskuswerferin an den Kopf. Sein Springmesser fliegt in hohem Bogen auf den Boden.

07.40 Uhr, Buer Rathaus. Endstation.

Die drei Möchtegern-Gangsta-Rapper sehen sich einer mit Schirm, Stock und fliegendem Buch bewaffneten Übermacht unter der Führung eines in der fernöstlichen Kampfkunst erprobten Japaners gegenüber. Die Straßenbahntüren geben quietschend den Fluchtweg nach draußen frei. Macho zwei und drei springen aus der Straßenbahn. Der Mann aus Fernost schiebt King zur Tür. »Zieh Leine, bevor ich es mir anders überlege.« King spurtet hinter seinen beiden Kumpels her.

Ich gebe der Cordhose ihren Spazierstock zurück. Meine Armbanduhr sagt mir, dass die Geschichte nur zwanzig Minuten gedauert hat.

Zum Vorstellungsgespräch für die Stelle der Chefsekretärin werde ich in jedem Fall noch pünktlich kommen.

Jenny Canales

Ich werde Vierzig

Ich werde 40. Kurz vor meinem 40. Geburtstag habe ich das meinem Frisör verraten und mir fällt keine verdammte Statistik ein, mit der sich daran etwas ändern ließe. Wo doch sonst so ein Verlass darauf ist!

Habe ich ein Problem damit? Nein, denn dann würde ich nicht darüber schreiben.

Ein guter Kollege sagte zu mir: „Weißt du, mit 40 geht die Kurve nach unten."

Ich sagte zu ihm: „Mensch, sei froh, dass du gesund bist."

„Ja", sagte er, „ich bin froh."

Danke, lieber Kollege, die wichtigsten Dinge verliert man manchmal zu schnell aus den Augen. Nur sehr wenige Dinge in meinem Leben habe ich dem Zufall überlassen...

Okay – ich habe eine liebe Tochter, wir sind eine glückliche Familie, ich habe ein Buch geschrieben und bin fast durch die ganze Welt gereist. In Jugoslawien habe ich sogar einen Araukarien-Baum gepflanzt und jetzt werde ich einfach 40. Warum habe ich das in meiner Planung vergessen?

Nein, das ist kein Problem für mich, warum auch. Was ist schon dabei?

Ich schaue auf den Laminatfußboden im Frisörsalon und sehe viele graue Haare, normal ist das nicht! Ich betrachte diesen Umstand einmal von der positiven Seite. Tatsächlich sind es noch ein paar Monate bis zu meinem Geburtstag, genügend Zeit, sich seelisch und moralisch darauf vorzubereiten.

Ich dachte, dann sind es wieder 10 Jahre bis zum 50. Geburtstag, weitere 10 bis zum 60., bis mir der Bundespräsident seine Glückwünsche per Post überbringen lässt. Es kann sein, dass die Bundesrepublik Deutschland dann – aus finanzieller Sicht – nicht mehr in der Lage sein wird, jedem eine Karte zu übersenden, doch das lasse ich auf mich zukommen.

Ja, man sollte sowieso das Geld nicht zum Fenster hinauswerfen. Vielleicht zahlt man mir später eine Prämie, wenn ich etwas eher, sozusagen freiwillig, in Rente gehe. 40 Jahre... hört sich eigentlich gut an, so nach Erfahrung!

Es soll Menschen geben, die haben 127 Bewerbungen an 127 Firmen geschickt. 61-mal hat man ihnen mitgeteilt, dass sie zu alt sind für den Job, 59-mal, dass sie überqualifiziert sind. 7 Mal hat man ihnen gar nicht geantwortet, und mindestens 100 sehr schöne Bewerbungsmappen haben sie dabei eingebüßt. Das muss doch nicht sein! Sie haben einfach nur die falschen Firmen angeschrieben.

Man braucht Ihre Erfahrung, wirklich! Weil unsere Politiker das wissen, räumt man uns die Möglichkeit ein, unsere Arbeitskraft bis ins hohe Alter auszuschöpfen. Doch möchte ich kein Öl ins Feuer gießen – wer kann sich das schon noch leisten?

Schnipp, Schnapp... die überflüssigen Haare sind runter.

Sowieso sind die Deutschen viel zu pessimistisch. Früher hat man in die Hände gespuckt, um das Bruttosozialprodukt zu steigen, heute darf es ausreichen, wenn alle den Gürtel etwas enger schnallen.

Sollte der Gürtel kein Loch mehr haben, bohrt man einfach ein neues. Daher rührt übrigens auch der Begriff Haushaltslöcher. Behaupten Sie nicht, andere sind für die Löcher in Ihrem Gürtel verantwortlich!

Außerdem geht das Gerücht, dass Politiker bei ihrer nächsten Diätenerhöhung zusammenlegen und jedem Deutschen einen neuen Gürtel schenken, welcher der EU-Norm entspricht. Toll!

Haben Sie es bemerkt? Ich bin vom Thema abgekommen, wir sollten uns auf das Wesentliche konzentrieren! Oje, jetzt habe ich unser Thema ganz vergessen! Nun gut, dann wird es wohl nichts Wichtiges gewesen sein.

Kürzlich habe ich beim Chinesen einen Glückskeks gegessen und durfte zwischen deutscher und englischer Version wählen. Als ich den Keks öffnete, war die Botschaft in Chinesisch:

„Ein großes Schicksal ist ihnen geweiht, warten Sie geduldig", hat mir der Kellner übersetzt und genau das werde ich tun. Dabei werde ich mir viel Zeit lassen.

In der Zwischenzeit überlege ich mir, warum Indochina eigentlich nicht in China liegt.

Erinnerungen zwischen den Kulturen

Was geschieht, wenn man eine Sprache lernt und merkt, dass es sprachliche Barrieren gibt, die höher sind, als man erklimmen kann, Barrieren, die einem bei der Kommunikation mit anderen im Wege stehen?

Obwohl ich mit Sprachschwierigkeiten gerechnet hatte, als ich für einige Jahre ins Ausland ging, hatte ich nicht geahnt, wie sehr mich der oben zitierte Satz noch beschäftigen sollte. Europa war schon immer mein Traum gewesen. Seit meinem 13. Lebensjahr bin ich in allen Ferien mit meinen Eltern ins Ausland gereist. Mit 14 Jahren habe ich angefangen, mir selbst mit Hilfe eines Buches italienisch beizubringen, und habe auch einmal an einem Sprachkurs in Deutsch teilgenommen.

Im Sommer 1974 habe ich das Land Chile verlassen. Die Reise ging nach Europa, und plötzlich erfüllte sich mein großer Traum: mit vollgepacktem Auto ging es in Richtung Flughafen. Meine Reise ging nach Westdeutschland. Dort wollte ich nicht lange bleiben, aber daraus sind über 20 Jahre geworden. Als ich am Flughafen Frankfurt landete, wartete ein junger Mann auf mich. Von Frankfurt bis nach Dortmund redete ich mit diesem jungen Mann spanisch und englisch, aber er hat mich nicht verstanden. Als wir in Dortmund ankamen, holte er den

Sozialarbeiter der spanischen Mission und wollte endlich wissen, was ich ihm auf der ganzen Strecke erzählt hatte, doch der Sozialarbeiter wollte nicht übersetzen. Er hatte keine Zeit. So kam es, dass der junge Mann bis heute nicht erfahren hat, was ich ihm auf der Fahrt von Frankfurt nach Dortmund erzählte. Schade! Ich ahnte, dass es noch Schwierigkeiten mit der Sprache geben würde, aber ich war sehr motiviert nach dem Motto: „Das wird schon irgendwie!" Aber „irgendwie" wurde es nicht, und das Überwinden der Sprachschwierigkeiten war auch eine Selbstfindung.

Auf einmal lebte ich in einer anderen Kultur und musste nicht nur mit der anderen Sprache zurechtkommen, sondern auch mit dem Dialekt in der Gegend fertig werden. Zunächst verstand ich niemanden. Ich war in einer ganz anderen Welt, alles war so fremd. Ein paar Tage nach meiner Ankunft in Dortmund schrieb ich in mein Tagebuch: „Ich hätte heulen können, ich habe fast kein Wort verstanden".

Antonio, der Missionar, wollte nicht übersetzen, als ich mich vorstellte. Vielleicht konnte er es nicht, aber so war es. Ich musste mich einfach damit abfinden. Aber das waren Anfangsschwierigkeiten, die sich recht bald gelegt haben, da ich mich sehr schnell in die Sprache reingehört hatte. Zudem hatte ich anfangs noch drei Mal in der Woche Deutschunterricht.

Ich hatte eine alte Nachbarin, die die Angewohnheit hatte, dass sie mich bitterböse anschaute, wenn sie mit mir redete, und mir mit dem Finger drohte. Wie das leider oft bei älteren Menschen ist, nuschelte sie stark und redete ausschließlich Dialekt mit mir. Ich habe kein Wort verstanden, und ergriff, wenn ich sie sah, lieber die Flucht. Nach über einem halben Jahr fing ich an, die Sprache zumindest inhaltlich zu verstehen.

Ich begegnete der Nachbarin mal wieder beim Bäcker oder im Supermarkt. Sie hatte zwei Tüten in der Hand und sagte etwas zu mir, das ich nicht verstand. Daraufhin hängte sie mir die vollen Tüten über den Arm und machte mir deutlich, dass ich ihr die Tüte nach Hause tragen sollte. Auf dem Weg dahin begann ich zu verstehen, worüber sie redete: Sie fragte, ob ich mich wohlfühlte, wie es meiner Freundin ging, die mal zu Besuch da gewesen war, und ob mir meine Arbeit Spaß machte. Damals habe ich noch nicht gearbeitet; ich kam aus dem Staunen nicht mehr heraus.

Mein eigentliches Problem schlich sich allerdings nur leise ein. Ich begann die anderen zu verstehen, aber ich hatte das Gefühl, dass mich niemand verstand. Nicht unbedingt vom sprachlichen Aspekt, sondern von meiner Kultur her. Ich habe gemerkt, dass Kultur und Sprache untrennbar zusammenhängen, vielleicht in südländischen Ländern noch mehr als bei uns. Sprache ist nicht nur das, was man sagt, sondern auch Gestik, Mimik, die Reaktionen auf bestimmte Situationen. Der gesamte Lebensstil und die Denkweise spielen eine wichtige Rolle. In einer Großstadt ist es vielleicht nicht so stark der Fall, wo man viele Menschen unterschiedlicher Herkunft und Denkweisen antrifft.

Es war für mich eine sehr harte Zeit. Dabei hat mir mein Deutschunterricht geholfen, den ich weiterhin genommen hatte, und der kein Zwang von Seiten meiner Freunde war. Solange mich alle unbedingt dazu bewegen wollten, auf Spanisch zu sprechen, habe ich kein Wort herausbekommen. Erst als ich selbst nicht mehr daran dachte, fing ich langsam an, und merkte erst an den erstaunten Gesichtern meiner Freunde, dass ich mehr geredet hatte, als man von mir erwartet oder mir zugetraut hatte. Von dem Zeitpunkt an lernte ich auch viel besser zu sprechen.

Ich stand lange nicht mehr so stark unter Anspannung und hatte gelernt, dass ich ruhig Fehler machen darf. Mein guter Freund Claudio machte sich oft über meine Fehler lustig und ich musste lernen, auch damit umzugehen. Eine wichtige Lehre war mir dabei, dass man seinen Stolz nicht aufgeben muss.

Gegen Abend ging ich oft in die Stadt, und lernte im Café einen interessanten Mann kennen, der sehr elegant angezogen war. Er lud mich auf einen Kaffee ein, und ich ging mit ihm ins Café, wo die nächste Überraschung auf mich wartete. Er wollte, dass ich Indiana redete. Ich kannte die Sprache nicht, war aber sehr interessiert daran, auch wenn ich sie nicht sprechen konnte. Sehr oft saß ich in einer Runde mit meinen Freunden zusammen, hatte aber trotzdem das Gefühl, nicht dazu zu gehören.

Ich bin sehr froh, dass ich diese Barrieren überwinden konnte, die vielleicht für andere weniger hoch sind. Am Ende eines Jahres stand ich einmal vor einer Gemeinde in Dortmund von circa 200 Leuten und habe mich als Südamerikanerin vorgestellt und ein Gedicht aus meiner Schulzeit gelesen: „Die Frau." Auch wenn mich das Überwindung gekostet hat, war es für mich ein Zeichen, dass ich es geschafft hatte.

Danach habe ich die schönsten Sommer meines Lebens in Brasilien, Südamerika, verbringen dürfen – mit viel Sonne, Strand und Meer, und war bereit, wieder nach Deutschland zurückzukehren.

Endlich hatte ich meinen Platz zwischen den Kulturen gefunden, viel über das Ausländersein gelernt und trotzdem gemerkt, dass man nie auslernt.

Die Liebe, die nicht vergeht

Ich war katholisch und meine Religion nahm ich sehr ernst. Ich war von meiner großen Liebe sehr enttäuscht und wie vor den Kopf gestoßen. Als ich sehr jung war sah ich die Liebe poetisch wie ein Schmetterling. Die Schmetterlinge waren wild und ließen sich nicht dressieren. Sie lassen sich nicht in einen Käfig sperren; sobald du es versuchst, sterben sie.

An Sommertagen bin ich mit meinem Freund durch die Stadt gegangen, und er erzählte mir von seinen ersten Gefühlen für Denise, und von den Sorgen in der kalten Berufswelt. Ich erzählte ihm von meinen Gedichten, die ich nachts in meinem Dachgeschoß schrieb. Er hat nicht darüber gelacht, sondern mir zugehört, keine Assoziation lenkte ihn ab, ich war damals sehr dankbar dafür, dass er mir zugehört hat.

Er war sehr mutig, voller Hoffnung und Vitalität; er gab mir Kraft und mit ihm konnte ich laut lachen. Unser Gelächter schallte durch den Wald und ich konnte in seiner Gegenwart tanzen und springen. Ich hätte vor Glück die Bäume umarmen können. Ich habe ihn geliebt, ohne das Wort Liebe zu nennen. Diese Zeit war für mich unvergesslich. Aber damals haben sich unsere Wege getrennt. Wir waren recht jung und ohne Erfahrung. Wir waren so glücklich und dachten, niemand könnte uns trennen. Aber

plötzlich ist er, ohne etwas zu sagen, einfach weggegangen.

Seit diesem letzten Tag, wo er Abschied genommen hat, sind einige Jahre vergangen. Aber eines
Tages plötzlich kam er wieder zurück.

Wir trafen uns in einem Café, und wir sprachen
bis morgens um vier über ihn und mich und den
Sinn unseres neuen Lebens. Er hat nicht mehr so
gelacht wie damals und hatte keinen Sinn mehr für
meine Gedichte. Ich war traurig, obwohl ich merkte,
dass er eine Last bei mir ablegen wollte. Er erzählte
von seinen Konflikten und seiner Krise. Seine neue
Freundin betrog ihn, aber er konnte und wollte das
überhaupt nicht verstehen. Von mir wollte er wissen,
warum sie ihn nicht so intensiv liebt, wie er sie liebt.
Er war sehr aufgeregt, aggressiv und angespannt.
Ich versuchte ihm zu erklären, was der Sinn seines
Lebens sei, warum alles so schwer für ihn ist, und
warum Liebe so sehr missachtet werden kann. Warum die Sexualität mit den Jahren an Reiz verliert,
wie auch immer die kreisenden Gedanken, auch die
bitterbösen Bemerkungen der Mitmenschen der
neuen Umgebung, die für ihn sehr schwer ist. Eine
Menge Fragen quälten ihn, er war unsicher und verschlossen.

Er war gefangen in seinen Problemen, seine Augen waren glanzlos, sein Lächeln gezwungen und
traurig. Man konnte die Unsicherheit und die Verbit-
terung seines Lebens sehen.

Ich fragte mich: Was hat er nach unserer Trennung falsch gemacht? Er war so ehrlich zu mir, nach so vielen Jahren verstand ich ihn noch besser als früher. Ich machte mir Sorgen und sagte zu ihn: wo kein Weg mehr ist, beginnt ein neuer Weg. Du bist in Deinem Leben an einem Höhepunkt angekommen, wo vielleicht kein Weg mehr sichtbar für dich ist. Ich sagte: Du hast nichts falsch gemacht, du bist mit deinem neuen Leben nicht zufrieden.

Ich kann dir auch von meinem Leben erzählen, wie es mir ging, als du damals weggegangen bist. Du hast mich von abends bis morgens allein gelassen. Ich war sehr traurig und konnte nicht glauben, dass du weg warst, meine ganze Welt ist zusammengebrochen.

Ich liebte dich damals, ohne das Wort Liebe zu nennen. Ich fragte mich: Warum bist du damals weggegangen? Ich kann dir sagen: Du liebtest mich nicht mehr.

Ich liebte einen Mann, der meine Liebe nicht benötigte, ich suchte Gespräche, die keiner führen wollte, ich suchte einen Gott, den keiner kannte, ich schrieb Gedichte, die keiner lesen wollte, malte Bilder, die keiner ausstellen wollte. Ich suchte eine Sexualität, von der keiner sprach, hatte so viele Ideen, die als Ideale und Utopien belächelt wurden. Und du fragst mich: warum deine neue Freundin dich nicht liebt wie du sie liebst? Das kann ich dir sagen: Die Erinnerung ist das einzige Paradies, aus dem wir nicht vertrieben werden können...

Sie ist unser wahrer Reichtum. Für mich sind Erinnerungen eine unbeschwerte Zeit, Schätze und Werte an die schöne Zeit mit dir und die wunderbaren Momente, die du mir gegeben hast. Ich bin, seit du weggegangen warst, zehn Jahre allein. Es ist ein Wunder, es ist wunderschön, und ich habe keine Sorgen.

Du solltest von der Liebe nicht Unmögliches erwarten, in der Praxis geschieht alles langsamer.

Denk daran, der Sinn deines Lebens ist Glück, nicht Unglück, es ist nicht so einfach, wie du denkst.

Du solltest dich von dem Wind, der jetzt aufkommt, erfassen und davontragen lassen. Sei du selbst, es ist richtig, was du tust. Du kannst nichts falsch machen. Du fühlst jetzt Schmerzen, doch schau nie mehr zurück, lasse jetzt alles Vergangene los und so wird dein Leben leicht und frei.

Veronica fühlt sich allein

Vielleicht kennen Sie das auch.

Nach einem Tag Babysprache kann schon der Plausch mit dem Briefträger zu einer geistigen Herausforderung werden.

Kein Wunder, allein mit dem Baby und der Partner ständig bei der Arbeit. Die Verwandten wohnen nicht mehr so nah und Freunde haben sie überhaupt keine. Veronica muss ganz allein mit ihrem Leben fertig werden.

Mein Kind ist 5 Monate alt und ich fühle mich so einsam, sagt sie. Ich bin jeden Tag bis spät in die Nacht mit meinem Baby allein zuhause. Meine Familie wohnt im Ausland und meine Freunde weit weg von meiner Stadt.

Ich habe niemanden zum Reden, sagt sie, ein Gefühl, das meine Großmutter nicht kannte. Früher waren Frauen nie allein. Großeltern und andere Verwandte lebten im selben Haus zusammen oder in der Nachbarschaft. Früher war es nämlich so, dass die Familien nicht in eine andere Heimatstadt wegzogen.

Ich höre immer wieder, dass alles nur vorübergehend ist. Ein Baby wird doch irgendwann groß und dann vermissen wir vieles von dieser Zeit mit dem Kind.

Manchmal frage ich mich: Ich muss diese Zeit genießen und vielleicht andere Frauen treffen, die genau in der gleichen Situation sind wie ich. Aber wie? Hier, wo ich wohne, geht es nicht.

Ich möchte manchmal gerne ohne Kind allein sein. Ich könnte meinen Tag gestalten, so wie ich möchte. Es gibt so viele Möglichkeiten, sich zu beschäftigen, doch ich möchte mich nicht von anderen Menschen abhängig machen. Einfach raus in die Natur oder in die Stadt gehen und die Zeit genießen, aber diese Möglichkeit habe ich leider nicht.

Es gibt viele Möglichkeiten, was ich mit meinem Baby machen kann, das ist kein Problem, ich tue immer alles, was meinem Kind gut tut. Aber ich wohne auf dem Land und habe kein Auto. Mein Mann nimmt das Auto mit zur Arbeit, und ein zweites Auto können wir uns nicht leisten.

Manchmal es ist so deprimierend. Mein Mann arbeitet viel seit ich schwanger war. Seit der Schwangerschaft hab ich kein Auto mehr und kann mir keins leisten. Wir wohnen am Ende der Welt - kein Spielplatz, kein Laden, kein Bus und kaum Nachbarn. Wir wohnen mitten im Wald und ich habe Glück, dass die Schwiegermutter jede Woche zum Babybesuch zu mir kommt. Schwiegermutter und ich sind komplett verschieden. Wenn die Kleine nicht wäre, hätten wir keinen Kontakt. Man kann sich nicht vorstellen, jede Woche Stress und für Veronica alles unerfreulich. Ich würde mich sehr freuen, wenn wir von diesem Ort wegziehen würden, aber es wird lange dauern. Ich fühle mich allein, und ich denke, dass es für meinen Mann auch nicht so einfach ist. Er spürt meine Situation und meine Einsamkeit.

Die Einsamkeit mit dem Baby kann viele Gesichter haben. Wenn ihr klar wird, dass sie ganz allein für dieses winzige Menschlein verantwortlich ist, wird sie über vieles anders denken.

Als das Kind geboren wurde, hatte ihr Mann Urlaub genommen, erinnert sich Veronica. Aber an dem Tag, wo der Urlaub ihres Mannes zu Ende gehen würde und ihr Mann wieder arbeiten müsste, ahnte Veronica plötzlich, was eine Panik-Attacke ist! Dann wurde Veronica klar, dass sie ab jetzt ganz allein ist.

Sie sagte: Jetzt bin ich ganz allein verantwortlich für mein Baby. Veronica half ein Telefonat mit ihrer Mutter im Ausland und in der Mittagspause ein Telefonat mit ihrem Mann, zur Lagebesprechung in Sachen Baby.

Veronica ist sehr jung und sie fühlt sich allein gelassen, sie hat keine Freunde, keine Familie, ihre Familie lebt im Ausland. Diese Spielform der Einsamkeit zu beschreiben ist sehr schwierig für sie. Sie träumt von einem großen Haus wie das, wo sie früher aufgewachsen ist.

Ich bin müde und traurig, sagt Veronica, mein Mann kommt nur am Wochenende nach Hause. Während der Woche bin ich in diesem Ort ganz allein mit meinem Baby zu Hause.

Für Veronica gibt es keine schnelle Lösung, da sie in einem kleinen Ort wohnt. Sie hat keine Möglichkeit, Freunde zu finden, die sich gegenseitig Gesellschaft leisten. Es ist oft nicht so einfach, Freundschaften zu finden. Wenn Veronica mit dem Baby zuhause ist, fällt ihr manchmal die Decke auf den Kopf, sie kann keinen Aktivitäten nachgehen, bei denen ihr Kleinkind dabei sein kann.

Veronica sagt: Mutter sein ist nicht alles, alles funktioniert nicht nur im Schlaf- und Tagesrhythmus. Diese innige Zeit mit dem Baby ist etwas Wunderschönes, aber es kann in dieser fast symbiotischen Bindung sehr einsam werden. Eine Mutter hat andere emotionale Bedürfnisse als ein Baby. Ich fühle mich so allein mit meinem kleinen Baby. Ich liebe mein Kind über alles, aber ich bin nur daran gekettet. Ich wünsche mir, irgendwann einmal unter Leuten zu sein.

Aber es geht nicht, das ist gar nicht so einfach. Wenn Großeltern in der Nähe wohnen würden, oder gute Freunde, die das Kind für ein paar Stunde nehmen könnten, das wäre für Veronica eine große Hilfe.

Sylvia Schwietering

Prolog

Da sitze ich nun, allein im Waldhaus... Alleine mit meinen Gedanken... Alleine mit dem Computer, der mich mit seinem leeren „neuem Dokument" darauf aufmerksam macht, an welchem Punkt im Leben ich angekommen bin.

Vor mir das sprichwörtlich unbeschriebene Blatt. Vor mir ein neu zu auszurichtendes Leben... Neue Möglichkeiten... Neue Wege, die zu gehen ich jetzt endlich bereit bin.

Die Kinder sind aus dem Haus. Die Vergangenheit habe ich aufgeräumt, losgelassen.

Es fühlt sich gut an, ohne all den Ballast. Auch wenn es noch ein wenig ungewohnt ist, so ganz ohne geglaubte Verpflichtung. Ohne die selbst auferlegten, meist eingebildeten Zwänge, wie man zu sein hat, was man zu tun hat, wie man den anderen Leuten gefallen kann...

Wenn man erst einmal damit bricht und feststellt, dass dabei die Welt gar nicht untergeht; wenn man bemerkt, dass die meisten Menschen gar nicht mal mitbekommen, dass man aus diesem Spiel ausgestiegen ist - dann erst beginnt die wahre Freiheit. Die innerliche Freiheit, die vorher so unvorstellbar schien.

So blank wie der weiße Monitor vor meinen Augen ist mein Kopf. Der Gedankenmüll ist raus. Es gibt noch keine konkreten Pläne, was ich mit meiner Freiheit anfangen will. Wobei die Betonung auf „konkret" liegt. Denn eines ist mir völlig klar. Die Zeiten des Verbiegens sind vorbei. Was ich ganz klar von meiner Zukunft erwarte ist Glück. Auch Größe, Freude, Wertschätzung, Ebenbürtigkeit und viele weitere Qualitäten stehen auf meinem inneren Fahrplan. Und Liebe, echte und vor allem bedingungslose Liebe soll jetzt zu meinem neuen Leben gehören. Das steht fest.

Und Erfolg – was immer das ist. Dieses Wort, dem ich nie große Bedeutung gegeben habe, tauchte vor einiger Zeit in meinem Kopf auf und meldete sich regelmäßig immer mal wieder. Leise, dezent, wie die ersten kleinen Blumen auf der Wiese nach langem Winter. Nicht lautstark schreiend nach Karriere, Ruhm und Überarbeitung. Nein, dieser Gedanke an Erfolg hat etwas viel Tiefergehendes, etwas durchaus Ruhiges an sich, so als wolle da was entstehen, was vorher noch nie in meinem Kopf gedacht und gewollt wurde. Erfolg eher als etwas, das erfolgt... dadurch, dass ich meine Art zu denken, die Welt zu sehen, ändere. Es geschieht irgendwie von alleine. Es wächst aus sich heraus, wie eine Art Pflanze aus einem Samenkorn...

So wie die Tatsache, dass ich jetzt hier im Waldhaus über der Tastatur meines Computers sitze. Es ist nicht die Suche nach einem Erfolgsbuch wie Harry Potter. Doch ist es folgerichtig, dass ich heute hier so sitze. Ein Gedanke, der einmal geboren wurde, wirkt. Wenn häufig auch lange Zeit im Verborgenen, bis er plötzlich aus dem Nichts auftaucht und konkrete Realität wird.

So wie bei mir die Sache mit dem Buch. Es mag vielleicht 25 Jahre her sein, als ich mit einer Freundin rumfabulierte, wir könnten ja mal ein Buch schreiben, was einem alles so passiert, wenn man sich auf Beziehungen mit Männern einlässt. Später folgten ebenso wenig ernst gemeinte Sprüche von wegen „wenn ich mal meine Memoiren schreibe"... Irgendwann ging es so weit, dass von außen der Gedanke an mich heran getragen wurde... Verschiedene Personen schlugen mir vor, doch mal meine reichhaltigen Erfahrungen, die ich in meiner Arbeit mit anderen Menschen machen durfte, in einem Buch zusammenfassen Ein Buch zu schreiben, um andere zu inspirieren, ebenfalls aus altvertrauten Gedankenmustern auszubrechen. Zuletzt war dieser Gedanke so sehr verstärkt worden, dass es nicht mehr hieß „mach doch mal", sondern „Ich habe das Gefühl, dass du mal ein Buch schreibst".

„Ja klar, wenn mir jemals eine passende Idee kommt, dann wehre ich mich nicht dagegen", war meine lachende Antwort darauf. Und jetzt das: etwa zwei Wochen später die ausdrückliche Aufforderung, bei diesem Buchprojekt mitzuwirken. Es ist also soweit, mich dieser Aufgabe zu stellen. „Aufgabe..." das ist ganz sicher nicht der richtige Begriff.

Aber welche Bezeichnung ist richtig? Realisation? Umsetzung? Manifestation?

Oder geht es darum, dieses Buch jetzt schlicht und einfach erfolgen zu lassen. Das Buch jetzt ganz konkret den vielen vorigen Gedanken folgen zu lassen zu einem Werk aus Papier, das man wirklich in den Händen halten kann. Gedanken geschrieben und gedruckt, entlassen aus meinem Kopf, raus in die Welt entlassen, damit andere sie aufgreifen und auf ihre eigene Art weiter verfolgen können.

So sitze ich heute hier und schreibe mit dem Gefühl, meine mir einst selbst gestellte Aufgabe nun (endlich) zu erfüllen. Und ich bin sehr gespannt, wohin mich dieser neue Weg, den ich hiermit einschlage führen wird. Eines nur ist sicher: es fühlt sich richtig und gut an, genau dies jetzt zu tun.

Die Frau im Wald

Sie saß in der warmen Mittagssonne an einem ihrem Lieblingsplatz und genoss das Spiel von Sonne und Schatten auf ihrer Haut. Der schmale Steg über den kleinen Bach hatte kein Geländer, und so konnte sie bequem am Rand sitzen und ihre Beine über dem Wasser baumeln lassen. Hier kam sie zur Ruhe und konnte ihren Gedanken freien Lauf lassen. Die blaue Libelle war wie so häufig ebenfalls zur Stelle und flog im schnellen Wechsel parallel zum Bachlauf hin und her. Es schien, als wären beide miteinander vertraut, und zumindest die Frau genoss die tanzende Gesellschaft. Sie war gespannt, wie lange es dauern würde, bis sich auch die grüne Libelle hier einfände, die häufig etwas später den Reigen erweiterte.

Die bewegte Oberfläche des Wassers reflektierte die Farben des Waldes und das Blau Himmels. Gedankenverloren blickte die Frau auf den Bach und verbannte zunehmend ihre Alltagsgedanken aus dem Kopf. Einmal erschien es ihr, als blicke sie ein Gesicht aus dem Bach heraus an, aber sobald sie genauer auf diese Stelle schaute, sah sie nichts weiter als das Spiel von Licht und Wellen. Sie schmunzelte über ihre eigene Phantasie und ließ den Blick weiter umherschweifen. Das Murmeln des Baches lullte sie ein, und wieder wurde ihr Kopf frei und leer. Sie schaute suchend zur Seite und beobachtete die schillernde Libelle bei ihrem Tanz. Da war ihr wieder so, als habe sie aus dem Augenwinkel ein Gesicht im Bachlauf gesehen. Was war denn nur heute mit ihr los? Sie betrachtete die umliegenden Bäume, ob sich da etwas in der unruhigen Wasseroberfläche spiegeln könnte, das wie ein menschliches Gesicht aussieht. Nein, da war nichts dergleichen. Und doch erschien ihr noch zwei Mal dieses Gesicht im Bach. Jeweils nur, wenn sie nicht genau hinschaute. Da musste sie lächeln und fragte aus einer spielerischen Laune heraus: „Wer bist du?". Und natürlich schaute sie dabei auf die entsprechende Stelle im Bach. Wieder sah sie dort nichts weiter als Wasser, die Kiesel, die Farben des Waldes und des Himmels. Mehr war da nicht. Sie schüttelte belustigt den Kopf, aber so ganz wurde sie das Gefühl beobachtet zu werden, nun nicht mehr los.

War es Einbildung? Ging ihre Phantasie mit ihr durch? Oder was hat dieses Gesicht dort im Wasser zu bedeuten? Die Frau im Wald lebte sehr naturverbunden, und auch wenn sie als erwachsener Mensch nicht mehr an Märchen und Feen glaubte, hatte sie dennoch schon so manches Mal einen unbestimmten freundlichen Gruß in besonders schöne, moosige Fleckchen des Waldes geschickt. Falls es da doch mehr gab, als wir Menschen so denken, würde sich ja vielleicht jemand freuen, wenn sie die Schönheit der Natur lobte. Und wenn nicht? Dann hörte es ja schließlich niemand. Und freundliche Gedanken schaden ja nun wahrlich nicht; im Gegenteil. Freundlichkeit kehrt stets ins eigene Herz zurück.

Als sie nach einer Weile wieder das Gefühl hatte, dass sie ein Gesicht aus dem Bach heraus anschaute, fragte sie: „Was machst du hier?".

Außer dem Plätschern des Baches, dem Raschelnd der Blätter und dem Gesang der Vögel war nichts zu hören. Aber der Frau war es so, als hallte ihre eigene Frage in ihrem Inneren nach. „Ja, was mache ich eigentlich hier?" Sie wurde still und nachdenklich. Sie hatte sich gezielt ein Zuhause in unmittelbarer Nähe zum Wald gesucht, um besser von ihrer anstrengenden Arbeit und den vielen Menschen, die ständig was von ihr wollten, abzuschalten. Aber gelang ihr das wirklich? Diese Frage, die ja eigentlich sie an das Gesicht im Bach gestellt hatte, war bei ihr selbst hängen geblieben. „Was mache ich hier? Bin ich glücklich? Gelingt es mir, wirklich abzuschalten?"

Diese Frage ging tiefer. „Möglicherweise ist die pure Abwesenheit von Arbeitstrubel und anderen Menschen noch nicht gleichzusetzen mit wirklicher Ruhe? Innere Ruhe und Zeit für mich, empfinde ich das? Und was bedeutet Zeit für mich? Ist dieses Faulenzen nicht etwas, das mir guttut? Oder gibt es da noch was Anderes, was mir mehr Erfüllung geben würde? Und wenn ich mich um meinen Gemüsegarten kümmere? Das bereitet mir doch ebensolche Freude, wie jetzt das Sitzen am Bach." Sie rollte die Augen, grinste und schüttelte den Kopf über ihre eigenen Gedanken. Da sah sie wieder dieses Gesicht aus dem Wasser schauen. Diesmal verschwand es nicht sofort wieder. Die Frau hatte das Gefühl, als blickte ihr dieses Gesicht tief in die Augen, und dabei kam es ihr so vor, als fordere es sie auf, tiefer zu gehen. „Spüre dich!", schien dieses Gesicht ihr zu sagen.

Die Frau im Wald wurde still, betroffen still. Sie war doch froh gewesen, nicht so viel Druck spüren zu müssen. All diejenigen auszublenden, die sonst an ihr zerrten, deren Erwartungen sie erfüllen sollte und auch musste. Und nach Feierabend wollte sie ihre wohlverdiente Ruhe haben. Sie war unglaublich erleichtert gewesen, als sie vor einiger Zeit dieses Zuhause gefunden hatte. Es hat zwar lange gedauert, es sich behaglich einzurichten, aber jede Stunde Arbeit war die Mühe wert gewesen. Sie kam gerne nach Hause und genoss die freien Wochenenden sehr.

„Spüre dich!" Diese zwei Worte gingen ihr nun nicht mehr aus dem Kopf. Sie wusste intuitiv, dass es einen Unterschied gab zwischen Ruhe haben, besonders eben Ruhe vor anderen haben, und sich selbst spüren. Aber was machte diesen Unterschied aus? Nach einem Wochenende in der Natur hatte sie ihre Reserven soweit wieder aufgefüllt, dass sie mit freundlicher Miene wieder in die Arbeitswoche starten konnte. Und sowohl Kunden als auch Kollegen schätzten ihre ruhige und ausgeglichene Art sehr, das hatten sie ihr schon häufig bestätigt.

„Spüre dich!"

Diese zwei Worte hatten sie um ihre Ruhe gebracht. Was sollte sie damit anfangen, wie sollte sie weitermachen? Wohin würde dieser Gedankengang sie führen, wenn sie ihn zuließ? Ihr Blick schweifte über das Wasser, und sie hoffte, das Gesicht wiederzufinden. „Na toll", schimpfte sie los, als sie es nicht fand. „Erst bringst du mich auf so komische Gedanken, dann bist du weg!"

In dem Moment schien es der Frau, als wollte das Gesicht im Wasser auftauchen, schien aber immer wieder von der Strömung davon gespült zu werden...

Wie ich selbst, dachte sie. Wenn ich mich gut und stark und in mir ruhend fühle, kommt irgendwer oder passiert meist schnell irgendwas, das wieder an mir zerrt. Und im Grunde zerfließe ich dann so wie im Bach grad die Konturen des Gesichtes.

„Ist es das, was du mir sagen willst?" fragte sie zu der Stelle hin, wo das Bild des Gesichtes auftauchte und wieder zerfloss. Natürlich antwortete ihr niemand, aber sie hatte doch irgendwie ein bestätigendes Gefühl, was sie allerdings nicht unbedingt erfreute, sondern ihre Verwirrung nur noch vergrößerte. Sie zog die Beine hoch und umschlang sie mit den Armen. Es fühlte sich nach ein wenig Halt an, auch wenn sie ihn sich selber gab. In dem Moment, wo sich dessen bewusst wurde, war auch das Gesicht im Bach wieder deutlicher zu sehen. Es schien die Frau anzusehen, und in dem Blick lag eine Aufforderung:

nicht streng, eher sehr eindringlich: „Schau hin! Spüre dich!"

Der Frau im Wald stiegen jetzt Tränen in die Augen. Dieses Gesicht in der Wasseroberfläche machte ihr bewusst, dass es regelmäßig sie war, die anderen Halt gab. Aber wenn sie mal nicht mehr konnte, gab es dann keinen, an den sie sich anlehnen konnte. Sie hatte das bis zum heutigen Tag nicht mal bewusst wahrgenommen. Hatte sie doch ihre Ruhe dort im Wald und konnte von der Arbeit und dem Alltag abschalten. Der Wald, der Bach, die Libellen waren doch immer bei ihr gewesen, haben ihr gutgetan. Sie schaute in das Gesicht, das jetzt nicht mehr verschwand.

„Du kannst nicht dauerhaft vor dir selbst davonlaufen", schien es zu sagen. Die Frau schaute auf den Bach und wusste überhaupt nicht mehr, was sie denken sollte. Ihr Leben war so schön eingespielt gewesen. Ihr hatte nichts gefehlt. Aber das stimmte nicht ganz. Das war jetzt unübersehbar. Diese Spiegelung im Wasser… Es war definitiv nicht ihr Spiegelbild in den Wellen. Was also sonst kann es sein, also ein Impuls aus ihrem Unterbewusstsein? Die eigene Seele? Das innere Kind, das wir alle in uns tragen?

Gereizt stand sie auf und ging in den Wald hinein. So gut der Bach ihr sonst tat, heute verwirrte er sie. Also folgte sie dem schmalen Trampelpfad, der bald in einen etwas breiteren Weg mündete. Es tat ihr gut, den waldigen Baden unter ihren Füßen zu spüren.

Sie genoss diese Weichheit und fühlte sich wieder mehr geerdet als eben am Bach. Irgendwo hämmerte ein Specht. Sie schaute in die Richtung, aus der das Geräusch kam, und traute ihren Augen nicht. War da an dem Baumstamm nicht gerade ein Gesicht zu sehen gewesen? Dasselbe Gesicht, was sie eben erst im Bach sah. Sie schüttelte den Kopf. Es war wohl doch ihre blühende Phantasie, die mit ihr durchging.

Sie ging tiefer in den Wald hinein und genoss weit und breit keine Menschen zu sehen. Zu ihrer Linken sprangen plötzlich ein paar Rehe auf, die sich gestört fühlten und aufgeregt flüchteten. Als sie ihnen nachschaute, hatte die Frau im Wald schon wieder das Gefühl ein Gesicht im Gehölz zu sehen. Sie fiel frustriert in sich zusammen und setzte sich auf einen abgesägten Baumstumpf in der Nähe. „Verfolgst du mich? Warum?", sprach sie, mehr zu sich selbst als in Richtung Gesicht.

„Du kannst vor dir selbst nicht weglaufen." Dieser Satz war plötzlich da. Wie aus dem Nichts aufgetaucht, oder kam er von dem Gesicht? Oder war es ihre eigene innere Weisheit? Sie fühlte sich seltsam schwach und irgendwie betroffen. Gehe ich so schlecht mit mir selbst um, dass mein Unterbewusstsein mir solche Streiche spielen muss, um sich mir verständlich zu machen? Was mache ich denn falsch. Ich lebe doch schon wesentlich ruhiger und natürlicher als die meisten anderen Menschen.

„Spüre dich!" Da war er wieder, der Satz, den schon das Gesicht im Bach zu ihr gesagt hatte.

„Das einzige, was ich spüre, sind die Nacken-schmerzen, die ich sonst nur auf der Arbeit so oft habe. Die holen mich jetzt schon am Wochenende hier im Wald ein!" schimpfte die Frau los. Daraufhin schien sich der Waldboden vor ihr zu einem Gesicht zu formen. Zu einem sehr freundlich lächelnden Gesicht, das, so schien es der Frau, sogar wohlwol-lend nickte. Sie zog erstaunt die Augenbrauen hoch. „Du meinst, ich soll meinen verspannten Nacken spüren?" Wieder sah es so aus, als ob das Gesicht nickte. Sie wurde jetzt deutlich ruhiger. Mit konkre-ten Gedanken konnte sie wesentlich mehr anfangen als mit seltsamen Erscheinungen. Doch scheinbar brauchte sie, diese sonderbaren Gesichter um nicht mit ihren Gedanken abzuschweifen und sich selbst zu wenig Beachtung zu schenken.

Sie wusste nicht warum, aber es gefiel ihr, mit diesem Gesicht zu reden, als steckte dahinter eine Person aus Fleisch und Blut. „Wenn das so ist, dann müsste ich mich ja fragen, wer oder was mir da sozusagen im Nacken sitzt." Wo eben noch das Ge-sicht war, flatterte plötzlich ein Schmetterling vorbei. Da musste die Frau unbeabsichtigt lachen. "Gesich-ter im Bach und Wald, Spechte, Rehe und jetzt noch der Schmetterling. Ich komme mir vor wie im Mär-chenwald." Doch sie wusste, dass an der Sache was dran war. Also ließ sie sich darauf ein, über die Fra-ge nachzudenken, wer oder was ihr im Nacken sitzt. Da fiel ihr sofort das ein oder andere ein, was vor allem mit der Arbeit zu tun hatte. Aber wie es nun mal so ist, wenn man bereit ist, sich mit einer Sache auseinanderzusetzen, kam ihr noch viel mehr in den Sinn. Zum Beispiel ihre Mutter, die seit dem Tod des Vaters viel häufiger als früher unter einem Vorwand anrief, dann aber stets ins Jammern fiel, wie schwer sie es so alleine habe. Oder die ja eigentlich sehr nette Nachbarin, die öfter mit einem frisch gebackenen Kuchen vor der Tür stand und sich so einen geselligen Kaffeeklatsch verschaffte. Ja, wenn sie ehrlich mit sich sein wollte, musste sie zugeben, dass ihr das zwischendurch gar nicht wirklich recht war, sie bislang aber nie gewagt hatte, für ihre eigenen Interessen einzustehen.

Die Frau im Wald saß lange dort auf diesem Baumstumpf. Es ging ihr vieles durch den Kopf, über das sie nie zuvor nachgedacht hatte. Sie fand auch nicht für alles eine Lösung. Aber es tat ihr außergewöhnlich gut, sich solche Gedankengänge mal zu erlauben. Es fühlte sich sehr befreiend an, sich selbst mal zu hinterfragen. Sich selbst, und auch ihren Umgang mit anderen Menschen. Sie merkte, dass zuerst die Verwirrung und nun diese ungewohnte Ehrlichkeit sie erschöpft und müde gemacht hatten. Bevor sie sich auf den Rückweg zu ihrem Waldhaus machte, konnte sie es sich allerdings nicht verkneifen, diesmal ihrerseits das Gespräch aufzunehmen. Mit einem verschmitzten Grinsen fragte sie zu dem Waldboden hin, wo sie vor einiger Zeit das nickende Gesicht gesehen hatte: „Na, was sagst du nun? Habe ich begriffen, was du mir sagen wolltest?" Sie erhielt zwar keine Antwort und sah auch kein Gesicht erscheinen, aber ein munteres Eichhörnchen kletterte genau in dem Moment vor ihren Augen einen Baum hoch. „Das nehme ich dann mal als ein Ja", sagte sich halb zum Wald, halb zu sich selbst und machte sich auf den Rückweg.

Als sie fast an ihrem Haus angekommen war und den Steg über den Bach überqueren wollte hielt sie noch einmal inne und schaute auf das Wasser. „Du lieber Bach, du hast mir heute sicher so manchen Streich gespielt, zusammen mit dem Wald. Aber ich möchte mich von Herzen bedanken. Erst der intensivere Kontakt mit Wasser und Wald hat mir die Gelegenheit geboten, mich nicht nur in die Ruhe hier zu flüchten, sondern hier in dieser Ruhe mir selbst Raum zu geben, in dem ich spüren konnte, wie es in mir aussieht." Als die Frau im Wald sich über den Bach bückte erkannte sie nun im Wasser ihr eigenes Spiegelbild. Und was sie dort sah gefiel ihr gut. Sie sah wesentlich entspannter aus als sonst im Spiegel.

„Mein liebes Gesicht dort im Bach und im Wald da draußen. Bitte zeige dich mir gerne wieder, wenn ich mich wieder selbst übersehen und vergessen sollte. Ich möchte mir nämlich gerne zukünftig regelmäßig die Zeit nehmen und mich selbst spüren."

Mit diesen Worten drehte sich die Frau im Wald um und ging weiter zu ihrem Haus. An der Haustüre drehte sie sich noch einmal um und flüsterte augenzwinkernd: „Tschüss bis bald."

Anna und Sophie

Anna war eine dieser typischen kreativen Lebens-
künstlerinnen. Sie war viel zu vielseitig, um sich
jahrelang mit nur ein und derselben Sache zu beschäftigen. Darum hatte sie früh ihren Beruf als Kin-
derkrankenschwester an den Nagel gehängt und
lieber alle möglichen Gelegenheitsjobs angenommen.

So hatte sie ausreichend Zeit für ihre Band, mit
der sie bei allen sich bietenden Gelegenheiten in
verschiedenen Kneipen der Region auftrat. Sie liebte
die Abwechslung und genoss es, vor Publikum in
die Rolle der flippigen Musikerin zu schlüpfen und
richtig Stimmung zu machen. Familie und Freunde
mochten ihre lebendige Art, mit der sie stets gute
Laune verbreitete. Ergab sich bei ihren Lieben eine
Veränderung, egal ob beruflicher oder privater Natur, bot sie bereitwillig ihre Unterstützung an und
half mit, wo sie konnte. Dabei war sie sich für keine
Arbeit zu schade. Sie packte gerne mit an, wenn es
was zu tun gab. Plante einer ihrer Kollegen oder
Freunde ein neues Projekt, saßen sie gerne mit Anna
zusammen beim Bier und „warfen alle Ideen in einen Topf, um eine gute Suppe draus zu kochen", wie
sie es nannte.

So war auch ihre kleine Theatertruppe entstanden, mit der sie alljährlich ein humorvolles Stück
einstudierte und aufführte. Anfangs war sie dankbar
über die Führung anderer und begnügte sich damit,

im Schutz des Ensembles eine mittelgroße Rolle zu spielen, die nicht so sehr aus dem Rahmen fiel. Nach den ersten Erfolgen trugen die anderen dann die Bitte an sie heran, die Hauptrolle im nächsten Stück zu spielen. Sie sollte eine durchtriebene, junge Frau spielen, die nicht nur die Männer, sondern auch ihre Kollegen und Familie ziemlich an der Nase herumführte. Anna traute sich das anfangs gar nicht zu. Sie hatte moralische Skrupel und kam sich wie ein schlechter Mensch vor, wenn sie sich, wenn auch nur auf der Bühne so egoistisch und gar ein wenig flittchenhaft benähme. Was sie am Ende überzeugte, sich auf diese Rolle einzulassen, war die Tatsache, dass die anderen Frauen der kleinen Gruppe von ihren Persönlichkeiten wie maßgeschneidert auf die anderen Rollen passten, die wesentlich ruhiger angelegt waren.

Also nahm sie diese Herausforderung widerstrebend an und betonte ziemlich häufig, dass sie sich demonstrativ hinter dieser Rolle verstecke. Mit der Zeit verlor sie ihre anfängliche Steifheit und den Widerstand und begann Gefallen daran zu finden, auch mal Seiten auszuleben, die sie im echten Leben nicht zeigen würde, weil es ihr stets wichtig war, andere nicht zu verletzen. Als sie dieses Stück dann nach langer Probenzeit aufführten war sie überrascht, wie gut gerade dieses beim Publikum ankam. Und besonders sie erhielt sehr viel positive Kritik.

Ab und zu überkam sie dann in der Folgezeit ein kleiner Übermut, und sie wollte mal ausprobieren, ob sie mit der ein oder anderen kleinen Frechheit auch im echten Leben durchkäme. So ging sie einmal beispielsweise in eine Apotheke, kaufte sich Kopfschmerztabletten und bat um etwas zu trinken, damit sie sofort eine nehmen könne. Als die hilfsbereite Apothekerin ihr ein Glas Wasser anbot fabulierte sie etwas von Schluckauf wenn sie Wasser trinken müsse und brachte so die Angestellte dazu, ihr ein Glas von ihrer privat mitgebrachten Cola zu geben. Von ihrem Erfolg selber überrascht, begann eine Phase, in der sie viele solcher Spielchen trieb. Nie wirklich böse, aber doch sehr durchtrieben.

Einmal ging sie soweit, dass sie sich vom nächstbesten Typen anbaggern ließ, um ihrem Freund einen Denkzettel zu verpassen, der sie ein paar Mal zu oft versetzt hatte. Sie ließ sich von diesem Fremden zum Kaffee einladen und bereute bereits nach wenigen Minuten diese Entscheidung. Dieser Typ himmelte sie extrem an und bekam nicht im Entferntesten mit, dass er keine Chancen bei ihr haben würde, weil er ihr nicht mal annäherungsweise das Wasser reichen konnte. So begann sie ihn derbe zu veräppeln. Da er keine Ahnung von Kunst hatte, begann sie damit, dass sie eine berühmte Theaterschauspielerin sei. Er schmolz dahin. Sie erzählte von internationalen Gastspielen und wie weit sie rumgekommen sei. Wenn sie von einer Sprache auch nur eine einzige Redewendung kannte, gab sie ihm gegenüber vor, sie spräche diese Fremdsprache. Je weniger er merkte, desto mehr drehte sie auf und erfand die phantastischsten Lebensumstände. Währenddessen wurde sie innerlich immer trauriger. Wie blöd konnte ein Mensch sein? Das Spiel hatte längst aufgehört ihr Spaß zu machen. Sie gab vor auf Toilette zu müssen, um dieser lächerlichen Geschichte wenigstens für drei Minuten zu entrinnen. Dort sah sie das Toilettenfenster und wäre am liebsten daraus geflüchtet und sang- und klanglos verschwunden. Nur leider waren sie mit seinem Wagen gekommen und zudem an einem entlegenen Ausflugslokal, wo weit und breit kein Taxi war. Also ging sie tapfer zurück und tischte ihm eine weitere Lüge auf: ihr sei speiübel, und er möge bitte Gentleman sein und sie zurückbringen. Dem kam er gerne nach und bat sie vernarrt um ein Wiedersehen. Als letzte böse Tat spielte Anna die Romantikkarte aus und verabredete sich für die nächste Woche zur gleichen Zeit am selben Ort. Wo sie nie erscheinen würde.

Nach der Erfahrung beendete Anna diese Phase um ihres eigenen Seelenfriedens willen. Es enttäuschte sie, wie unkritisch Leute sein konnten, wie wenig sie den gesunden Menschenverstand benutzen wollten. Dieses Erlebnis brachte sie wieder zurück auf den Pfad der Wahrhaftigkeit. So dachte sie zumindest. Wie es aber häufig nach schmerzhaften Erlebnissen geschieht, schlug das Pendel weiter zurück als bis auf das gesunde Mittelmaß. Sie wollte so sehr vermeiden, ein falsches Bild von sich zu erzeugen, dass sie vorsichtshalber alles vermied, was auch nur ansatzweise in diese Richtung gehen könnte. Sie wollte entweder schonungslos ehrlich sein, oder gar nichts machen. Sie tat sich immer schwerer, beim Schauspielern eine Rolle zu spielen, wenn es nicht ihrem natürlichen Wesen entsprach. Keine Aufforderung konnte sie mehr dazu bringen, eine Szene mit dazu passender Lebendigkeit zu füllen, wenn sie es nicht selber so fühlte. Es dauerte dann nicht mehr lange, bis sie lieber die Regie übernahm als selbst mitzuspielen. Damit war sie eine ganze Zeit lang sehr zufrieden, bis sie nach einigen Jahren auch das Schauspielern an den Nagel hing.

Bald boten sich ihr andere Herausforderungen, bei denen sie ihre Kreativität und Vielseitigkeit einsetzen konnte, und so wechselte sie wieder mal den Job. Eigentlich sollte sie Bilder dort verkaufen, doch als ihr Chef von ihrer künstlerischen Ader erfuhr, setzte er sie lieber in der Werkstatt ein, wo sie die Bilder einrahmte und teilweise die Rahmen und Passepartouts bemalen durfte.

Im Laufe der Jahre übte Anna verschiedene Jobs aus, bis sie heiratete und Kinder bekam. Auch oder gerade mit ihnen konnte sie ihrer Kreativität wieder völlig freien Lauf lassen. Was ist schöner, als Kinderaugen zum Leuchten zu bringen, wenn sie alle Jahre wieder trotz voriger Zweifel dann doch wieder sicher sind, dass es das Christkind gibt... Zweifel ausgeschlossen, denn Anna sorgte stets mit vielen kleinen und liebevollen Details dafür, dass das Weihnachtswunder überzeugend auf magische Weise im Hause geschah. Anna ist und bleibt ein Lebenskünstler. Das zeigt sie immer wieder, auch heute noch, wo die Ehe zerbrochen und sie geschieden ist. Immer wieder tut sich in ihrem Leben eine Tür auf, hinter der eine neue Chance liegt, wie es weitergeht.

Sophie ist ein Landei. Sie ist in Waldesnähe aufgewachsen und hat ihre erste Mutprobe im Wald gewagt und bestanden. Sie war mit den Nachbarskindern zum Rodeln gegangen. Als die anderen später nach Hause gingen blieb Sophie alleine zurück. Es gab da diese „Todesbahn", die nach steiler Abwärtsstrecke zwischen dichten Bäumen weiterging. Schon mancher ist dort aus der Bahn geflogen und gegen einen Baum geprallt. Sophie, die gerne die Dinge mit sich selber ausmachte, wollte sich nun erstmals dieser Herausforderung stellen. Keiner sollte dabei sein. Sie zog ihren Schlitten hoch, drehte ihn dem Abhang zu und setzte sich darauf. Dann schloss sie mit ihrem kurzen Kinderleben ab. Entweder würde sie gleich sterben, oder sie hätte einen großartigen Sieg über sich selbst errungen. Und Sophie siegte. Stolz auf sich selbst zog sie ihren Schlitten nach Hause.

Das war der Grundstein dafür, dass sie im Laufe ihres Lebens zu der Einstellung kam, dass sie es schafft etwas zu leisten, wenn die Notwendigkeit besteht, wenn sie muss. Aber eben nur, wenn sie muss. Diese für sie so mutige Entscheidung im Wald fand zuhause nicht ausreichende Würdigung, so blieb ein Schatten auf diesem erst so großartigen Tag zurück. Lohnt es sich, sich seinen Ängsten zu stellen, eine Herausforderung anzunehmen, wenn es niemanden wirklich interessiert?

Als junges Mädchen verbrachte Sophie ihre Tage im Reitstall. Das hieß jedoch nicht, dass sie eines dieser typischen Mädchen war, denen Mami und Papi jeden Wunsch erfüllten. Ganz im Gegenteil, in ihrer Nachbarschaft lag ein Privatstall, in dem die Besitzer mit ihren Dressurpferden arbeiteten, um sie für Turniere zu trainieren. Es gab keine Schulpferde, die Kinder Runde um Runde durch die Reithalle trugen. Wohl aber gab es dort zwei Rentnerpferde, die für den Sport nicht mehr geeignet waren.

So kam es, dass die Besitzer Sophie und zwei anderen Mädchen erlaubten, sich im Stall nützlich zu machen. Je engagierter Sophie dort mithalf, desto häufiger durfte sie dort reiten. Da sie sehr fleißig war und ein sehr gutes Gespür für Pferde hatte, war es den Stallbesitzern eine Freude, Sophie von ihrem Können profitieren zu lassen. So brachten sie ihr im Laufe der Zeit bei, was es reiterlich zu lernen gab und erlaubten ihr immer häufiger auch die guten Turnierpferde zu reiten. Sie boten ihr auch die Chance selber auf Turnieren zu starten, was Sophie große Freude bereitete und mit Stolz erfüllte. Nach den ersten Erfolgen kam die Zeit, wo sie das Reitabzeichen hätte machen müssen. Dafür war es nötig, mit Pferden auch über Hindernisse zu springen, wovor Sophie eher Schiss hatte. Und anders als in den Kindertagen im Wald, gab es hier nicht mehr dieses innere „Müssen". Es war ein Angebot, das machen zu dürfen. Die Entscheidung lag alleine bei ihr. Und diesmal wählte Sophie den bequemeren Weg. Sie gab vor kein großes Interesse an Turnieren zu haben. So wurde sie zwar eine gute Dressurreiterin, aber niemand außer den eigenen Leuten bekam es mit. Sie akzeptierten ihre Entscheidung, mit Recht. Ohne eigenen Ehrgeiz kann man niemanden zum Erfolg bringen.

Mit 18 verabschiedete Sophie sich von der Pferdewelt und versuchte ein Leben zu führen, wie die anderen Gleichaltrigen auch. Da sie aber durch und durch ein Landei war, zog es sie im Laufe der Jahre immer wieder in verschiedene Reitställe, wo Leute ihr gerne die Pferde anvertrauten, die sie bei Sophie in guten Händen wussten. Vielleicht sogar gerade deshalb, weil sie ohne diesen Ehrgeiz war. So würde sie niemals den Besitzern zur Konkurrenz werden. Erst nach ihrer Scheidung fand sie irgendwann nicht mehr genügend Zeit für die Pferde. Sie fand sich damit ab, hatte sie jetzt doch zwei wunderbare Kinder, um die sie sich mit gleicher Liebe und Hingabe kümmern konnte. Mit denen zog sie an den Rand einer Kleinstadt, wo sie binnen 2 Minuten im Wald war. Selbst der Schulweg der Kinder führte durch den Wald. Landei bleibt Landei.

Das Leben ist vielseitig. Menschen sind vielseitig. Manche sind besonders vielseitig.

171

Welche Mutter kennt nicht die Freude, wenn ihre Kinder auf Klassenfahrt sind, und ihr eine Postkarte von dort schicken.

„Liebe Mama, hier ist es sehr schön und das Wetter ist gut. Wir haben dich lieb. Lisa und Phillip"

Adressiert an:
Anna-Sophie Sandringlauer

Gute Vorbereitung

Was bedeutet es, wirklich gut vorbereitet zu sein? Besteht die optimale Vorbereitung darin, fachlich alles getan zu haben, damit das Werk gelingt? Oder ist es die Stimmung, in die man sich selber bringt, damit man das, was man zu tun hat, auch so vermittelt, dass es beim anderen auch wirklich ankommt?

Wann weiß ich, dass ich genug getan habe? Schließlich möchte ich ja nicht als Perfektionistin nur noch unter Strom stehen, weil ich vom Zwang verfolgt werde, mehr und mehr zu leisten, ohne im Blick zu haben, ob ich nicht maßlos übertreibe. Gibt es das absolut Richtige? Oder kommt es neben dem Fachlichen auch noch auf etwas ganz Anderes an?

Auf die innere Haltung, oder ob ich mich mit dem identifiziere was ich tue? Ob ich Ahnung von der Materie habe? Ob ich loslassen kann anstatt zu kontrollieren? Fragezeichen über Fragezeichen, und da ist keiner, der mir all das mit Garantie richtig beantworten kann.

In meiner Familie pflegte man zu sagen: „Wer sich nicht zu helfen weiß, ist es nicht wert, dass er in Verlegenheit kommt." Wie durchaus berechtigt dieser Satz ist, habe ich in meinem eigenen Leben so manches Mal zu spüren bekommen.

Eine ganz besondere Begebenheit zu diesem Thema möchte ich euch heute erzählen:

Es ist schon ein paar Jahre her, da hatte eine Chorkollegin von mir die fabelhafte Idee, ihren runden Geburtstag auf eine ganz außergewöhnliche Art und Weise zu feiern. Nora, eine Vollblut-Sängerin wie sie im Buche steht, plante das Stadttheater in unserem Heimatort für ein Konzert anzumieten. Einige ihrer Freunde sollten mit ihr gemeinsam das Konzert gestalten, die anderen sollten sich an dem Programm erfreuen. Dadurch konnte sie die bunte Vielfalt an Freunden und Bekannten alle unter einen Hut bringen.

Ich erinnere mich noch genau an den Tag, als sie mich darauf ansprach. Wir saßen gemeinsam in der Chor-Garderobe wo wir uns für die Opernvorstellung umzogen, als sie mir freudestrahlend von ihrer Idee erzählte. In der ersten Hälfte des Programms wollte sie verschiedene Opernarien von ihren Freunden und Gesangsschülern gesungen haben, die von einer Pianistin und einem kleinen Instrumental-Ensemble begleitet werden sollten. Nach einer kurzen Pause würde sie dann selber ihren großen Auftritt haben. Sie wollte ein buntes Programm fernab der klassischen Musik vortragen, unter anderem begleitet von afrikanischen Trommeln. Das klang für mich nach einer überragend guten Idee. Allerdings wurde mir auch ein wenig mulmig zumute. Hatte ich ihr doch neulich erst gestanden, dass ich keine Lust mehr auf diese schreckliche Nervosität vor Solo-Auftritten als Sängerin habe, ich sozusagen aufgab und mich lieber nur noch im Chor verstecken wollte. Hatte sie das vergessen? Ich überlegte fieberhaft, wie ich meinen Kopf aus der Schlinge ziehen könnte, ohne Nora zu kränken. Denn schließlich verdient eine so großartige Idee Unterstützung von allen Seiten.

Ich hatte mich zu früh gesorgt. Nora hatte meine Worte durchaus behalten und sie respektierte sie ohne jede Diskussion. Denn als sie zum Ende der Schilderung ihres großen Planes kam, grinste sie mich breit an und eröffnete mir: „Und du, meine Liebe, du wirst die Moderation für den ersten Teil machen. Und ich will dich dort im Frack sehen."

Da blieb mir förmlich die Spucke weg. Ich war total überrumpelt!

Moderation... Ja, ich hatte Jahre zuvor schon mal bei einer Modenschau die Ansagen gemacht. Aber gleich ein ganzes Konzert... Ich dachte an Senta Berger, die ich bei großen Konzertübertragungen im Fernsehen bewundert hatte, wie sie auf ihre charmante und humorvolle Art die Künstler ansagte, etwas über die vorgetragene Musik erzählte und Brücken baute von einem Stück zum nächsten. Das schien mir eine große Aufgabe zu werden.

Ich spürte meine Erleichterung, dass Nora gar nicht erst versucht hatte, mich zum Singen zu überreden. Aber ich wäre nicht ich selbst, wenn ich nicht auch einen kleinen Stich verspürt hätte, dass es nun definitiv zu Ende sei, selber als Solistin vorne zu stehen und zu singen. Es blieb mir jedoch nicht viel Zeit, letzteres zu bedauern, denn wir mussten uns langsam auf den Weg zur Bühne machen, wo die Vorstellung in wenigen Minuten beginnen sollte.

Als wir nach der Oper wieder in unserer Garderobe ankamen hatte ich mich soweit wieder gesammelt, dass ich Nora nach den Details fragen konnte. Sie nannte ein paar Namen und Stücke und versprach, mir eine genaue Liste mit den Sängern und Programmpunkten zukommen zu lassen. Ich hatte Feuer gefangen. Die Sache begann mich zu faszinieren, und mein großes Vorbild aus dem Fernsehen spornte mich an, mich sehr gründlich vorzubereiten. Darüber vergaß ich schnell das komische Gefühl, definitiv nicht mehr zu singen.

Als ich das Programm mit allen Teilnehmern und Titeln bekam legte ich los. Nach einer Weile hatte ich all meine Kreativität einfließen lassen, um abwechslungsreich und humorvoll durch den Abend zu führen und den Zuhörern, die ja nicht alle Ahnung von Oper hatten, einen Einblick in die jeweiligen Hintergründe zu geben. Da so manche Arie auf Italienisch oder Französisch gesungen würde, war es mein Ziel, dass jeder auch ohne Sprachkenntnisse wusste, was genau dort gesungen wurde. So erstellte ich mein Konzept für diese Moderation.

In der Woche vor dem Konzert fragte meine Gesangslehrerin mich während der Gesangsstunde, wie weit ich mit meiner Vorbereitung sei. Ich berichtete von meinem Konzept und sagte, dass ich guter Dinge sei. Sie, eine erfahrene Opernsolistin, fragte mich dann, was ich denn machen würde, wenn zum Beispiel ein Sänger zu spät zu seinem Auftritt käme. Ich lachte auf. „Dann erzähle ich Musikerwitze, wie dieser komische Moderator es ein paar Wochen zuvor gemacht hat, als ich für eine Konzertreihe als Choraushilfe engagiert war", sagte ich mit großer Klappe, denn bei so einem privaten Event kann ja nicht wirklich was passieren. Meine Lehrerin schaute mich ernst an. Musikerwitze waren gar nicht ihr Ding, sie war sehr professionell und hielt viel davon, seine Aufgabe stets ernst zu nehmen. Sie kannte mich gut genug, um zu wissen, dass auch ich das Ganze sehr gewissenhaft anging, dennoch forderte sie mich auf, ihr diese Witze zu erzählen. Ich kam mir sehr dämlich dabei vor, aber sie war viel zu sehr Autorität, als dass ich widersprochen hätte. Am Ende des Unterrichtes wünschte sie mir viel Erfolg für das kommende Konzert und sagte, dass sie gerne vorbei käme, mich als Moderatorin anzusehen. Das freute mich sehr, und so sah ich dem Konzertabend freudig entgegen.

177

Endlich kam der große Tag. Bereits am Vormittag trafen wir alle im Theater ein zur einzigen gemeinsamen Probe. Der erste Schock ereilte mich schnell. Unser einziger männlicher Sänger ließ die Diva raushängen. Florian verkündete, dass er seine beiden Arien direkt hintereinander am Beginn des Konzertes singen würde, da er danach noch einen weiteren Auftritt hätte. Ich sah ihn entsetzt an. „Das geht nicht, ich habe die ganze Moderation auf den geplanten Ablauf aufgebaut. So funktionieren meine Überleitungen nicht. Er zuckte mit den Achseln. Das sei ihm egal. Er würde das so machen und fertig.

Ich ging zu Nora, um mir ihre Unterstützung zu holen. Sie als Veranstalterin musste ja das größte Interesse daran haben, dass alles stimmte und glatt lief. Aber sie würgte mich ab. „Regelt das unter euch. Ich brauche meine Ruhe und will von niemandem gestört werden!", sagte sie in barschem Tonfall ebenso divenhaft. Da hatte ich die Nase gestrichen voll und wollte alles hinzuschmeißen. Doch da gab es diesen professionellen und zuverlässigen Teil in mir, der mich daran hinderte aufzugeben und mich unterkriegen zu lassen. Also zog ich mich zurück und gestaltete weite Teile meiner Moderation neu.

Stolz darauf, dies in der Kürze der Zeit hinzubekommen zu haben genoss ich den Moment, als das Konzert endlich begann. Einen Frack hatte ich keinen bekommen, aber Nora bekam mich wenigstens

178

im Blazer zu Gesicht, nahe dran an ihrem Wunsch. Als sich der Vorhang öffnete, trat ich hinaus ins Rampenlicht und begrüßte das Publikum. Ein herrliches Gefühl. Nur sprechen, nicht aufpassen müssen, ob auch jeder Ton wirklich genau sitzt. Ich fühlte mich frei und mit dieser Leichtigkeit führte ich durch das Programm.

Bis plötzlich beim Vorspiel zu einer Arie etwas klapperte, das Unheil verhieß, und daraufhin das Klavier verstummte. Der anwesende Bühnentechniker erhob sich vom Inspizientenpult und erklärte, dass sich etwas vom Flügel gelöst habe, er das aber recht schnell wieder reparieren könne. Wir alle atmeten auf. Dann schaute er mich an und sagte: „Und du gehst jetzt raus und unterhältst das Publikum so lange."

Keine Ahnung, wie ich in diesem Moment geguckt habe. Aber "The show must go on", und so blieb mir nichts anderes übrig als vor das Publikum zu treten und die Zeit zu überbrücken. Die erste Minute konnte ich füllen, indem ich erklärte, was geschehen war, und dass der nette Herr, der sich da unter dem Flügel gelegt hatte, uns retten würde. Dann blieb mir nur die Flucht nach vorne. Also kündigte ich an, dass ich kurzerhand rausgeschickt worden sei, damit den Zuhörern die Wartezeit nicht lang würde. Aus diesem Grunde gäbe ich jetzt ein paar Witze zum Thema Musik zum Besten.

Wie sehr dankte ich in diesem Moment meiner lieben Gesangslehrerin. Durch ihre Aufforderung, sie an diesen dämlichen Witzen teilhaben zu lassen, waren sie noch präsent in meinem Kopf und ich konnte auf die Schnelle ein paar von ihnen abrufen und dem Publikum erzählen.

Als der Flügel wieder repariert war, empfing mich hinter der Bühne eine Welle größter Dankbarkeit. Jeder der Teilnehmenden war zutiefst erleichtert, nicht selbst in diese Situation gekommen zu sein. Diese Erleichterung färbte den Rest des Konzertes mit ein, und es wurde ein wirklich gelungener Abend. Auch das Publikum inklusive meiner Lehrerin honorierte mit Applaus und später mit lobenden Worten meinen spontanen Sonderauftritt, den ich mit Bravour gemeistert hätte.

Und damit komme ich noch einmal zurück zu meiner Frage vom Beginn dieser Geschichte:

Was bedeutet es, wirklich gut vorbereitet zu sein?

Kein perfektionistisches Streben hätte mich gut durch diese Situation bringen können. Wohl aber die Intuition meiner Lehrerin, die sich ungeachtet der eigenen Vorlieben diese unseligen Witze von mir hat erzählen lassen.

Durch diese, im Vorfeld noch nicht mal als Vorbereitung erlebte Gelegenheit konnte ich ins kalte Was-

ser zu springen und das Beste aus der Situation machen.

Was also bedeutet perfekt???

Paula

Paula ist Putzfrau. Sie ist eine dieser Frauen, die ihre Auftraggeber mit warmer Stimme auch „gute Fee" nennen. Und dieser Name passt gut zu ihr. Paula macht nicht einfach bloß sauber. Sie beseitigt nicht nur den Dreck anderer Leute. Sie ist anders. Paula liebt es Ordnung herzustellen, für Sauberkeit und Struktur zu sorgen, und ganz besonders gefällt es ihr, ein wenig zu zaubern, wie sie es nennt. Sie weiß, dass sie ein ganz besonderes Gespür für die Dinge hat, das den meisten Menschen nicht gegeben ist. Für sie stehen die Dinge nicht einfach nur dort, wo ihr Besitzer sie platziert hat, sondern sie spürt, ob sich Blumen, Kerzenständer, Dekoartikel, oder was immer in den Wohnungen und Häusern der Leute steht, sich dort gut aufgehoben fühlt. Meist reicht eine kleine Drehung oder ein Verschieben um ein paar Zentimeter, und das Ganze wirkt gleich ganz anders. Und das spürt dann jeder im Haus. Sie merkt es immer wieder an den Blicken ihrer Familien, wenn sie zum ersten Mal dort gewirkt hat. Wie diese sich nachher umsehen, suchenden, oft sogar fragenden Blickes, aber keine Antwort bekommen, denn eigentlich sieht ja alles so aus wie immer. Eigentlich....

Paula genießt diese Momente sehr, denn so wie sie ein Gefühl für die Einrichtungsgegenstände und Pflanzen hat, so deutlich nimmt sie auch die Stimmungen und Empfindungen der Menschen wahr. Und deren wohlwollendes Zustimmen zu ihrem Schaffen ist es, was ihre Arbeit für sie so befriedigend macht.

Früher hat sie in einem großen Büro gearbeitet. Obwohl der Job dort abwechslungsreich und anspruchsvoll war, und sie dort ein gutes Gehalt bekam, wurde sie mit den Jahren immer unglücklicher. Sie fühlte sich wie eine Primel, die zwar regelmäßig gegossen wird, aber nicht wirklich blüht. Für Paula gibt es nämlich einen deutlichen Unterschied zwischen „Blüten tragen" und „aufblühen". Das Erstere ist ein weit verbreiteter natürlicher Verlauf, das Andere allerdings bedeutet für sie, ganz in seinem Element zu sein und seine besten Seiten zeigen zu können.

Paula ist alles andere als ein pedantischer Spießer, der nur seine eigene Ordnung erträgt. Aber ganz besonders unwohl fühlte sie sich bei der Arbeit im Büro, wenn die dortige Putzkolonne durch war und den Raum zwar untadelig, aber auch ebenso unbelebt hinterließ. Lange Zeit wusste Paula gar nicht, was es war, was sie da störte. Sie glaubte, sie hätte vermutlich nicht der richtige Beruf, oder sie sei einfach ein Mensch, dem es niemand wirklich recht machen könne. Aber als bodenständiger Mensch war ihr durchaus bewusst, dass eben nicht jeder Mensch das Glück hat, sich in seinem Berufsleben selbst zu verwirklichen. Also sah sie zu, ihre Empfindungen zu unterdrücken und stattdessen gut zu funktionieren. Im Laufe der Zeit hatte sie nicht nur ihre Sensitivität fester im Griff, sondern ebenso wurden ihre Kreativität und ihre Lebendigkeit weniger. Sie hätte es auch in ihrem eigenen Zuhause erkennen können, wäre sie bereit gewesen, sich damit auseinander zu setzen. Oder hätte sie überhaupt erst mal Worte gehabt, um dieses Phänomen zu benennen.

Erst viele Jahre später war es sozusagen ein glücklicher Zufall, der dazu führte, dass ihre Aufmerksamkeit auf ihre besondere Begabung gelenkt wurde. Ihre Tante Gertrud, die im Schwarzwald lebte, hatte eine 10-tägige Reise im Preisausschreiben gewonnen und brauchte nun jemanden, der während dieser Zeit ihre Katzen hütete. Die Nachbarin, die dies bislang übernommen hatte, war aus Altersgründen zu ihren Enkeln in die Nähe gezogen und stand somit nicht mehr als Katzensitter zur Verfügung. So ergab es sich, dass Paula ihrer Tante ermöglichte, mit guten Gefühlen die Reise anzutreten, während sie ihren Urlaub in einer kleinen, idyllischen Siedlung im Schwarzwald verbrachte.

Tante Gertrud wohnte in einem kleinen Holzhaus, das sie sich sehr urig und gemütlich eingerichtet hatte. Paula fühlte sich dort sehr wohl und genoss aus vollen Zügen ihren Aufenthalt. Sie fühlte sich bereits nach wenigen Tagen viel lebendiger als sonst und begann sich Gedanken zu machen, woran das liegen könnte. Klar, Urlaub ist was Anderes als arbeiten zu müssen. Aber auch in den vergangenen

Jahren hatte sie ihren Urlaub eher in naturverbundener Abgeschiedenheit verbracht als in übervollen Touristenhochburgen. Was also war es, dass sie sich hier so besonders wohl fühlte? Sie saß häufig in Tante Gertruds gemütlichem Sessel und ließ ihren Blick umherschweifen. Paula wusste nicht, dass sie dabei etwas suchte. Sei es ein Anhaltspunkt im Außen oder eine Antwort in ihrem Inneren. Es war eher wie ein subtiler Radar. Ihre Sinne wurden täglich aufmerksamer, allerdings ohne dass sie es bewusst mitbekam.

Es war verabredet, dass Paula nach der Rückkehr ihrer Tante noch den Rest der Woche bei ihr blieb, um einerseits zu hören, wie die Reise war, aber auch, damit beide noch ein wenig die Gesellschaft der jeweils anderen genießen konnten, bevor der Alltag wieder zurückkehrte.

Paula hatte für die Heimgekehrte gekocht und einen guten Wein besorgt, damit sie beide einen entspannten ersten Abend miteinander verbringen konnten. Es gab Wildgulasch mit Spätzle, womit sie gerne auch an ihren Geburtstagen die Verwandtschaft verwöhnte. Tante Gertrud war braungebrannt und erzählte bester Laune von ihrem Urlaub. Nach einer Weile hielt sie inne und schaute ihre Nichte mit einem ganz besonderen Lächeln an. „Weißt du eigentlich, meine liebe Paula, dass nicht nur dein viel gerühmtes Wildgulasch noch viel intensiver schmeckt als üblich, sondern dass du selbst wesentlich strahlender aussiehst, als ich dich sonst erlebe?"

Paulas Gesicht bekam ein Eigenleben. Man sah ihr an, dass sie selbstverständlich den Inhalt der Worte verstand, aber dazu ging die Botschaft ihrer Tante noch einen anderen Weg. Sie traf Paula mitten ins Herz und berührte das Bauchgefühl, das Paula in den letzten Tagen so oft bewegt hatte, ihren Blick schweifen zu lassen, Ausschau zu halten nach einer Antwort, deren Frage sie nicht mal wusste. Paula schaute ihre Tante an und wusste nicht, was sie sagen oder wie sie reagieren sollte. Gertrud lächelte so ein warmes Lächeln, das Paula trotz all ihrer Verwirrung tief berührte, und in ihrem Blick, das spürte Paula, da lag die Antwort auf all die Fragen, die Paula noch gar nicht kannte.

Gertrud zwinkerte auf eine ganz besondere Art und sagte dann: „Erzähle doch mal, wie es für dich war, deine Urlaubstage hier in meiner Blockhütte zu verbringen." Paulas Miene entspannte sich sofort, ihr Blick wurde leuchtend und ein Lächeln breitete sich über das ganze Gesicht aus. „Schön war's, ich habe mich total gut erholen können, auch wenn ich dir gar nicht sagen kann warum. Ich glaube, ich war sehr urlaubsreif." Gertrud sagte nichts, sondern schaute ihre Nichte weiter mit diesem ganz besonderen Blick an. Es war kein Schweigen in der Art wie es häufig genutzt wird, wenn ein Mensch dem anderen Worte verweigert. Nein, in diesem Nicht-reden lag Raum, Raum, den Gertrud Paula gab, um dort drin weitere, tiefergehende eigene Worte zu finden.

Nach einer Weile fuhr Paula fort: „Weißt du, ich habe es mir ganz oft drüben in deinem Sessel gemütlich gemacht und eigentlich nur Löcher in die Luft geguckt." Wieder hielt sich Gertrud mit Worten zurück und schaute ihre Nichte mit einem wissenden Blick an. „Das Komische ist, dass ich mich überhaupt nicht gelangweilt habe. Ich saß da, insgesamt bestimmt so manche Stunde, und irgendwie hatte ich das Gefühl, dass da irgendwas in mir passiert. Nur habe ich absolut keine Ahnung was. Es war ja nichts los, und ich habe nichts gemacht außer zu sitzen." Ihre Tante strahlte sie an: „Ich freue mich so für dich. Außer an dir und deinem fabelhaften Essen merke ich es auch an den Katzen. Die benehmen sich ganz anders als sonst, wen ich verreist war, und die Ilse auf sie aufgepasst hat. Danach waren sie launisch, weil ich weg war. Diesmal sind sie so, als wäre ich hier gewesen. Du bist ihnen also eine würdige Vertretung gewesen." Paula schaute irritiert und zugleich ein wenig stolz. Sollte sie ein gutes Händchen für die Katzen gehabt haben? „Nein, Paula, es geht gar nicht um die Katzen. So schön es ist, wie sie auf dich reagieren. Ich freue mich so für dich, dass du dieses gewisse Etwas in dir gefunden hast." „Was meinst du mit gewissem Etwas?", fragte Paula nun deutlich irritiert. Ihre Tante fuhr fort: „Kannst du dich noch an die Oma erinnern? Sie ist ja schon lange tot, aber als du klein warst, hast du immer sehr genossen bei ihr zu sein. Sie hatte neben den Pflanzen auf der Fensterbank auch ein paar Figuren stehen,

187

mit denen du viel gespielt hast." „Ja, ein Reh und ein Hase waren da, und ich glaube auch ein paar schöne Steine." „Genau, du hast sie gerne mit den Blumen auf den Couchtisch gestellt und Märchenwald gespielt." Paula lächelt warm, als ihr diese Erinnerung wieder in den Sinn kam. „Oma musste dich nie ermahnen, alles wieder ordentlich aufzuräumen. Erinnerst du dich?" „Jetzt wo du es sagst, ja. Sie forderte mich allenfalls auf, alle wieder nach Hause zu bringen." „Ja, und genau das hast du gemacht. Du hast alles genau wieder dorthin zurückgestellt, wo du es hergeholt hattest. Nicht irgendwie rüber getragen, du wusstest genau, wo alles seinen Platz hatte, wie rum gedreht die Figuren standen." Paulas Blick wurde ernster. „War Oma so streng, dass ich nichts durcheinanderbringen durfte?", fragte sie. „Nein, ganz und gar nicht. Dahinter steckt etwas ganz Anderes, was ich selbst auch erst viel später in meinem Leben durchschaut habe."

Paula war nun sehr gespannt, worauf ihre Tante hinaus wollte. Sie einigten sich darauf, erst den Tisch abzuräumen und zu spülen, und dann bei einer Tasse Tee dieses Thema weiter zu vertiefen. Ein Haus, zwei Frauen, ein Abwasch, und zwei komplett unterschiedliche innere Haltungen dabei.

Paula war aufgewühlt, neugierig und voller Ungeduld. Ihre Tante hingegen hatte dieses wissende Lächeln, das Menschen im Gesicht tragen, wenn sie sich ganz genau bewusst sind, was sie gerade tun und welche Auswirkungen es hat. Sie lenkte das

Ganze so, dass sie selbst spülte, während sie Paula auftrug, das getrocknete Geschirr wegzuräumen und den Tisch für das gemeinsame Gespräch beim Tee zu decken. Sie bat sie, es ihnen gemütlich zu machen mit einer Blume und einer Kerze auf dem Tisch, und Paula kam dem gerne nach. Ihr gefiel diese warmherzige und liebevolle Vorbereitung. Nur ihr Verstand funkte immer mal wieder dazwischen, weil er drängelte, endlich die angekündigte Information, die ja offensichtlich ein wichtiges Gesprächsthema sei, zu bekommen.

Als sie endlich am Tisch saßen platzte es aus Paula heraus: „Was ist jetzt nun mit Omas Ordnungsliebe?" Gertrud lachte herzlich. „Ordnungs-Liebe, das hast du sehr treffend ausgedrückt. Diese Liebe zu einer gewissen natürlichen Ordnung ist es, was sie uns beiden vererbt hat." Paula guckte verdattert. Sie hatte mit allem möglichen gerechnet, aber ganz sicher nicht damit, dass jemand in Bezug auf sie die Begriffe Ordnung und Liebe in einen Zusammenhang stellt. Tante Gertrud wusste genau um die Wirkung ihrer Worte. Sie wusste, wie wichtig es war, dass in ihrer Nichte zuerst der dringende Wunsch zu wissen aufflammte. Dadurch würde sie die größte Bereitschaft zu haben, dieses andere Denken erst einmal verstandesmäßig aufzunehmen und dann emotional anzunehmen. Schließlich hatte sie ja auch einmal diese Schritte durchlaufen müssen. Sie freute sich sehr, dass sie dies jetzt mit jemandem teilen konnte, dem es genau so ging, der bzw. die

189

auch diese Besonderheit und die dazugehörige Empfindsamkeit in sich trug.

„Eigentlich hätten wir ohne Unterbrechung beim Mittagessen weitersprechen können, aber mein Bauchgefühl sagte mir, dass es leichter zu erklären und zu verstehen ist, wenn du es selbst spürst in einer Situation, die auch ich mitbekommen habe.", begann Tante Gertrud das Gespräch. Paula wusste nicht, was sie von dieser Eröffnung halten sollte. Ihre Gedanken sprangen vom dreckigen Geschirr zur Oma mit ihrer Fensterbank, zu ihrer eigenen Wohnung, wobei sie genau überlegte, ob sie dort regelmäßig das Geschirr spülte, oder es eher auch mal stehen ließ. Und sie wusste nun gar nicht mehr, was das über sie aussagte. Also schaute sie ihre Tante nur sprachlos an. Und wieder hatte Gertrud diesen lächelnden und zugleich vielsagenden Blick.

„Als du den ersten Tag hier alleine mit den Katzen warst – hast du dich da konzentriert umgeschaut und dir genau eingeprägt wo was steht, damit du es nach Gebrauch korrekt zurückstellen kannst?" Paula erschrak. Das hatte sie natürlich nicht getan. Kam jetzt eine Moralpredigt? Aber so wirkte Tante Gertrud gar nicht. Sie schüttelte langsam verneinend den Kopf. „Eben", fuhr Gertrud fort, „genau das meine ich. Du hast sowohl während meiner Abwesenheit als auch vorhin meinen Schrank genauso eingeräumt, wie ich es regelmäßig mache." „Na ja, ich habe es ja auch dort rausgeholt. Das merkt man sich doch leicht." „Ja, das stimmt. Zumindest das machen noch sehr viele Menschen. Und wie war es, als ich dich bat den Tisch für uns zu decken und die Blumen auf den Tisch zu stellen?" Paula zuckte mit den Achseln: „die habe ich einfach mittig positioniert." Wieder lächelte ihre Tante. „Genau, das habe ich gesehen. Deshalb habe ich dich gebeten, auch die Kerze dort hinzustellen. Was ist da passiert?" Ohne zu zögern antwortete Paula, dass sie deshalb die Blumen ein wenig verschoben habe, damit es zusammen mit den Teetassen und der Kerze netter aussähe.

Tante Gertrud nickte wieder mit diesem besonderen Lächeln, griff nach der Kerze und verschob sie ein wenig. Als Paula das sah zog sie die Augenbrauen zusammen und schüttelte ganz minimal den Kopf. „Was ist passiert", fragte Gertrud mit einem leisen Lachen. „Nichts.", entgegnete Paula „magst du es nicht so, wie ich es hingestellt habe?" „Doch. Und eine Gegenfrage:" konterte die Gertrud, „magst du es so, wie ich es hingestellt habe? Ganz ehrliche Antwort bitte... Was sagt dein Bauchgefühl dazu?" Paula spürte, dass dies keine Fangfrage war, sondern dass ihre Tante sie auf etwas Bestimmtes hinweisen wollte, auch wenn sie keine Ahnung hatte, was das sein könnte. Dementsprechend gab sie zu, dass ihr die vorige Position besser gefallen habe. Nickend forderte ihre Tante sie nun auf, noch einmal die vorige oder eine ganz andere Position auszuprobieren und zu schauen, was ihr besser gefiele.

Paula probierte ein wenig herum, wie es am besten aussah mit Blumen und Kerze gemeinsam auf dem Tisch. Am Ende kam sie zu der Position, wo diese zu Beginn des Gespräches gestanden hatten. „Ich glaube, ich habe mich an diesen Anblick ganz schnell gewöhnt, aber ich finde das am besten.", sagte sie in entschuldigendem Tonfall. „Das denke ich nicht.", sagte Gertrud mit warmherziger Stimme. „Ich glaube eher, dass du wie ein guter Maler einen Blick dafür hast, wie die Dinge optimal zueinander passen. Du siehst, wie die verschiedenen Objekte miteinander harmonieren. Wobei nur du die Frage beantworten kannst, ob du das eher siehst, oder vielleicht mehr spüren kannst, wie es sich anfühlt, was dann bedeutet, dass du ein Gefühl dafür hast."

Paula stieß einen langen, tiefen Atem aus. Über so etwas hatte sie im Leben noch nie nachgedacht. „Und was hat das mit Oma und ihren Sachen zu tun, mit denen ich Märchenwald spielte?" „Nun ja, ich denke, dass wir beide das Talent solche Harmonie wahrzunehmen von ihr geerbt haben. Sie hatte dieses Händchen dafür, alles so hübsch und stimmig herzurichten. Und wir beide haben das als Kinder zunächst bei ihr gesehen, uns das also abgeguckt. Und da sie uns keine Vorschriften machte, wie wir die Dinge wegzuräumen hätten, konnten wir uns selbst daran ausprobieren. Vermutlich ist unser Geschmack etwas durch ihr Vorbild geprägt, aber ein Sinn für Ästhetik ist so in uns angelegt und ausgebildet worden."

Ohne all das wirklich zu begreifen klangen die Worte ihrer Tante einleuchtend und berührten Paula. Sie schaute sich im Haus um und suchte nach Möglichkeiten etwas umzustellen, anders zu arrangieren. Aber wohin sie auch schaute, es gefiel ihr exakt so wie es dort aussah am besten. Das verblüffte sie sehr. War das der Grund, weshalb sie sich so intensiv in den letzten Tagen erholt hatte, sich hier so wohl fühlte? Jetzt erst fiel ihr auf, dass sie sich so manches Mal hier umgeschaut hatte, ohne zu wissen warum oder wonach sie Ausschau hielt. Sie beschrieb Gertrud dieses Gefühl und fragte, ob sie sich oder besser ihr das erklären könne. Gertrud nickte: „Rückblickend ist mir Vieles klargeworden, als ich damals in der Phase war, wo ich mich damit auseinandergesetzt habe. Es ist wohl so, dass wir Unterschiede spüren, zwischen Orten, wo diese Harmonievorhanden ist, und dort, wo das nicht der Fall ist. Aber solange wir keine Worte dafür und keinerlei Information darüber haben, was mit uns los ist, suchen wir nach Anhaltspunkten, die uns irgendwie Antworten oder Sicherheit geben. Schau dich jetzt noch mal mit dem gleichen Blick um und habe dabei im Hinterkopf, dass du quasi mit den Augen eines Malers das Miteinander all dessen was du siehst betrachtest. Paula entspannte sich.

„Bin ich dann eine Perfektionistin?", fragte sie unsicher. Gertrud schüttelte den Kopf. „Wohl nicht. Dich treibt ja kein Zwang, etwas nur auf eine vorgeschriebene Art und Weise ertragen zu können. Vielleicht ist es eher so, dass alles irgendwie sein eigenes Wesen hat. Also nicht nur die Tiere und Pflanzen, sondern auch Sessel, Tische und sonstige Einrichtungsgegenstände. Vielleicht sogar die Farben und Formen der Dinge. Und du verstehst dieses Wesen. Ich weiß, dass es seltsam klingt, aber probiere mal aus, wie es für dich ist, das Ganze nicht erklären zu wollen. Experimentiere einfach nur mit dem was du wahrnimmst, spiele, fühle..."

Eine Weile rührte sich Paula nicht. Nur ihr Blick bewegte sich hin und her durch den Raum. Es dauerte eine ganze Weile, bis sie zu reden begann: „Dieser Bereich hier, wo wir gerade sitzen, fühlt sich für mich anders an, als der Bereich rund um das Sofa. Dort wo deine Katzen ihren Kletterbaum haben, ist es wieder anders. Wenn ich das Zimmer so betrachte, sind es mehrere Unterräume in einem einzigen Raum. Kann sowas sein?" Gertrud strahlte. „Genauso ist es. Ich bin ganz begeistert, wie schnell du jetzt auch Worte für das findest, was du zwar schon immer unbewusst mitbekommen hast, aber worüber nie jemand sprach, was dir keiner je erklärte. Und ich gehe sogar so weit zu sagen, dass du nicht viele Menschen finden wirst, mit denen du über solche Feinheiten sprechen kannst."

Automatisch nickte Paula. Zwar hatte sie noch nie zuvor ein derartiges Gespräch geführt, doch spürte sie instinktiv, dass dies kein Thema war, über das man sich mit vielen Leuten unterhalten kann. Nicht, wenn man nicht für schrullig oder abgedreht erklärt werden möchte.

„Wenn diese verschiedenen Bereiche alleine schon hier im Zimmer so unterschiedlich sind...", begann Paula und zögerte dann überlegend, wie sie den Satz weiterführen könnte, um auszudrücken, was sie gerade beschäftigte. Sie blickte ihrer Tante in die Augen, und es tat ihr unglaublich gut, darin deren Geduld und Verständnis zu sehen. „Wie kommt es, dass sie diese Bereiche vertragen, oder sich nicht gegenseitig ins Gehege kommen?" Gertrud schmunzelte wie schon so oft an diesem Tag. „Das ist eine sehr gute Frage. Es hat was mit dem Abstand zu tun. Und manchmal ist es auch noch wichtig, wie die Dinge einander zugewandt sind. Du kennst doch ganz sicher dieses unangenehme Gefühl, wenn manche Menschen einen gewissen Höflichkeitsabstand zu dir nicht einhalten, oder?" Paula rollte die Augen. „Allerdings, das ist sehr unangenehm." „Genau, und bei zumindest manchen Menschen kommt es auch noch darauf an, ob sie neben dir, hinter dir, schräg zu dir oder dir frontal gegenüberstehen, stimmt's?" „Oh ja!", sagte Paula stöhnend. „Ganz besonders ein Arbeitskollege kommt in der Kaffeeküche gerne so von hinten an und schaut mir über die Schulter. Da kriege ich regelrecht Beklemmungen und werde manchmal sogar aggressiv." „Der Fachbegriff dafür lautet Distanzlosigkeit. Ich persönlich finde diesen Begriff nicht so schön. Er erklärt zwar das Phänomen, aber ich benutze lieber die positive Formulie-

195

rung, die beschreibt, was guttut. Deshalb rede ich gerne von dem nötigen Raum zwischen entweder sich selbst und anderen Menschen, oder eben auch zwischen den verschiedenen Einrichtungsgegenständen. Da wir beide uns sehr nahestehen, ist das Zwischenmenschliche an mir nicht gut zu üben. Aber probiere doch mal aus, wie es auf dich wirkt, wenn du die Position mancher Gegenstände hier etwas verschiebst."

Bei diesem Vorschlag musste Paula kichern. Begeistert wie ein kleines Kind stand sie auf und begann ein paar Dinge umzustellen. Sie verschob den Sessel und positionierte auch ein paar Zimmerpflanzen anders. Dabei war sie so von der Sache gepackt, dass sie überhaupt nicht mitbekam, wie ihre Tante sie und ganz besonders ihr Mienenspiel beobachtete. Als Paula sich nach einer Weile setzte um ihr Werk zu begutachten war sie sehr enttäuscht. Sie hatte ja gar nicht viel verändert, und sich definitiv nichts Geschmackloses einfallen lassen, aber die ganze Behaglichkeit und der Charme des Hauses waren verschwunden. Es sah für sie jetzt aus wie ein Allerweltsraum ohne persönliche Note.

Sie spürte, wie sich in ihr eine Unzufriedenheit ausbreitete, die sie sonst durchaus von ihrem Alltagsleben her kannte, aber in den Tagen hier nicht mehr erlebt hatte. Sie schaute ihre Tante traurig an und beschrieb ihr diese Gefühle. Gertruds Antwort darauf überraschte sie: „Sei nicht enttäuscht. Was du gerade fühlst ist das Beste, was dir passieren kann.

Du hast gerade zum ersten Mal im Leben bewusst gespürt, wie sensitiv du bist. Du selbst hast dir hier quasi ein Experimentierfeld geschaffen, in dem du einmal bewusst und deutlich die Unterschiede spüren kannst. Lass es so lange auf dich wirken, wie du brauchst, und dann arrangiere alles so, wie es in dir ein gutes Gefühl auslöst. Und bitte, lass dich nicht davon beeinflussen, dass du meine Ordnung unbedingt wiederherstellen möchtest. Mach das mal ganz so, wie es dir in den Sinn kommt. Für mich ist das gerade nämlich auch sehr spannend, diesen Prozess des Bewusstwerdens bei dir mitverfolgen zu dürfen. Also nur zu, gerade so, wie es dir in den Sinn kommt."

„Danke", sagte Paula leise und legte los. Diesmal ging sie bedächtiger vor. Sie wusste noch genau, was sie verstellt hatte, wollte das alles aber nicht nur einfach zurückbringen an den Ausgangsort. Wenn es so war, wie ihre Tante Gertrud erklärt hatte, dass wollte sie jetzt herausfinden, wie es war, wenn sie auf das Wesen der Dinge achtete und es in ihre Überlegung einbezog. Als sie fertig war, lag ein glücklicher und zufriedener Ausdruck auf ihrem Gesicht. Sie staunte nicht schlecht, als Gertrud ihr sagte, dass fast alles wieder so stand, wie es vorher der Fall war. Nur ein Kerzenständer stand jetzt woanders. „Woran kann das liegen?", wollte Paula wissen. Ich habe in mir im Advent diesen Kerzenständer geholt und ihm seinen Platz gegeben. Und in der Folgezeit war ich wohl nicht aufmerksam genug um zu bemerken, dass er jetzt, in der hellen Jahreszeit, viel besser an dem von dir gewählten Platz zur Geltung kommt. Du siehst also, dass es kein absolutes Richtig gibt."

Paula unterhielt sich in den verbleibenden Tagen noch viel mit ihrer Tante. Beim Abschied dankte sie ihr von ganzem Herzen, dass sie nicht nur die Urlaubstage bei ihr verbringen durfte, sondern dazu noch diese wunderbare Erfahrung machen konnte. Besonders, dass Gertrud die Initiative ergriffen hat, dieses ungewöhnliche Thema anzuschneiden, denn sie konnte ja nicht mit Bestimmtheit wissen, ob Paula sie nicht auslachen würde und das Ganze als Humbug abtun. Nach ihrer Heimkehr schaute Paula sich mit neuen Augen ihre Wohnung an und begann kräftig umzuräumen. Sie hatte ihr auch vorher gefallen, somit gab es nicht viel auszusortieren, aber wo sie was platzierte war jetzt von großer Bedeutung. So kostete dieses Aufräumen sie auch kaum Anstrengung. Im Gegenteil, sie war sehr überrascht, wie viel wohler sie sich danach fühlte.

Dieser Besuch bei Tante Gertrud liegt nun schon viele Jahre zurück. Die Rückkehr in den Büroalltag fiel Paula damals so schwer wie nie, und es dauerte noch eine ganze Zeit, bis sie bereit war, ihre berufliche Situation zu hinterfragen und zu überdenken.

Heute ist sie rückblickend sehr froh, dass sie dann doch irgendwann den Mut zu einem Berufswechsel hatte. Sie hat sich nach dem Urlaub aufgemacht, mehr über das Wesen der Dinge herauszufinden. Heute weiß sie, dass alles seine besondere Energie und Ausstrahlung hat. Und es gibt sogar relativ viele Menschen, die sich auf diese Gedanken einlassen. Ein paar davon hat sie in der Folgezeit näher kennengelernt und es entstanden neue Freundschaften. Daraus ergaben sich weitere Kontakte und eines Tages war die Idee geboren, dass sie für andere Leute diese besondere Art der Ordnung schaffen könnte. Heute hat Paula eine eigene Internet-Seite auf der sie ihre energetische Hausputz-Tätigkeit vorstellt. Sie geht nicht wöchentlich in die anderen Haushalte, um für wenig Geld deren Dreck zu beseitigen. Nein, sie wird für sehr gutes Geld von Menschen gebucht, die selbst dieses Gespür nicht haben. Für sie schafft sie eine neue Grundstruktur in deren Zuhause. Manchen reicht das, und ihnen gelingt es danach, das eigenständig weiter zu führen. Wiederum andere buchen sie regelmäßig, wenn sie im Laufe des Jahres etwas umgestalten wollen und dafür Paulas Gabe nutzen möchten.

Paula ist Putzfrau. Ja, so kann man es nennen. Aber in Wirklichkeit ist sie mindestens eine gute Fee, vielleicht auch eine Zauberin, die kleinere und manchmal auch größere Wohlfühl-Wunder bewirkt.

Waldspaziergang

Alleine und guter Laune durchstreifte ich den sommerlichen Wald. Ich wollte nichts weiter als meine Ruhe haben und meinen Gedanken freien Lauf lassen. Zu viel war in der letzten Zeit los gewesen, und viel zu wenig Zeit hatte ich für mich selbst gehabt. Darum hatte ich mir die bequemen Wanderschuhe angezogen und war losgelaufen. Immer wieder ertappte ich mich bei Gedanken an jenen Mann, den ich neulich auf dem Markt gesehen hatte. Blonde Haare und strahlend blaue Augen mit einem ganz besonderen Blick. Er hat kein Wort gesagt, mich nur herzlich angelächelt. Auch mir war nichts eingefallen, was ich hätte sagen können. Es war nur eine sehr kurze Begegnung, aber seit dem ging er mir immer wieder durch den Kopf. Er störte regelrecht meinen Seelenfrieden. Ich hatte so derart von Männern die Nase voll, dass ich mein Zuhause zu meiner Festung erklärt hatte, und bevorzugt niemanden mehr in meine Wohnung rein ließ. Beziehung? Nein danke! My home is my castle!

Es war ein sonniger Sommertag, kaum ein Lufthauch bewegte die Blätter und Zweige. Nur selten knackte irgendwo ein Ast im Unterholz, wenn sich ein Hase seinen Weg bahnte. Die Vögel sangen, und in meiner Wanderlust erträumte ich mir, dass sie ihr munteres Konzert nur für mich alleine gaben. Ich lächelte glücklich und fühlte mich wohl wie schon lange nicht mehr.

Als der Weg mich um eine leichte Kurve führte sah ich im Schatten einen kleinen Jungen liegen, der zu schlafen schien. Moment, was war das? Das war kein Kind. Er hatte kleine Flügel auf dem Rücken. Ich schaute genauer hin, ganz vorsichtig, schließlich wollte ich ihn nicht aufwecken. Weiß und zugleich schillernd waren sie. Und dort, neben ihm, das war kein Ast, das war ein kleiner Bogen. Mein Blick suchte weiter. Ich wagte kaum zu atmen. Schließlich fand ich Bestätigung. Neben ihm, halb verdeckt von seinem Oberkörper lag ein kleiner Köcher mit Pfeilen. Unglaublich! Das musste Amor sein. Den gab es wirklich? Ich war weit mehr als irritiert. Und zugleich wahnsinnig aufgeregt. Ich wusste gar nicht wie mir war. Wunder passieren doch im Märchen, nicht im echten Leben. Und Engel... Na ja... Aber der kleine Junge da hatte tatsächlich Flügel, die aus seinem Hemdchen hervorlugten. Und mit Pfeil und Bogen ist, soweit ich weiß, nur Amor ausgestattet.

Ich betrachtete ihn eine ganze Weile und war sehr bewegt. Plötzlich bewegte und drehte er sich im Schlaf ein wenig um, sodass ich sein Gesicht sehen konnte. Er hatte blondgelocktes Haar, und seine Gesichtszüge ähnelten ein wenig dem Mann vom Markt. In dem Moment rutschte mir ein kleiner Seufzer raus. Ich erschrak, aber nicht nur ich... Auch er wachte auf und sprang blitzschnell auf die Füße. Ich konnte sehen, wie sich seine Flügelchen schüttelten und ausbreiteten. Dann griff er in Windeseile nach Pfeil und Bogen. Er spannte die Sehne und ließ seinen Pfeil losschnellen.

Was ich dann spürte war ein brennendes Gefühl in meinem Herzen. Ich war völlig verwirrt und konnte nichts mehr denken, erst recht nichts von dem Geschehenen verstehen. Er schaute mich mit seinen leuchtend blauen Augen an, und ich hörte dann seine leise Stimme sagen: „Geh... lauf los...", sagte er, „geh zu deinem Ferdinand! Auf zu neuem Verlangen, Sehnen und Brennen. Du wirst ihn dein ganzes Leben lang lieben, weil du es gewagt hast, mich, Amor, aus dem Schlaf zu wecken!"

Ich habe keine Ahnung, wie ich an dem Tag nach Hause gekommen bin, und was ich den Rest des Tages gemacht habe. Aber ich weiß, dass ich dem Mann vom Markt ein paar Tage später wieder begegnet bin. Wir haben uns lächelnd wiedererkannt, und als ich mich vorstellte, sagte er, sein Name sei Ferdinand.

Epilog

Vor einer Stunde habe ich das Waldhaus verlassen und sitze nun im Bus, der mich zurück ins Ruhrgebiet bringt. Die Geschichten für das Buch sind geschrieben. Es war eine sehr besondere Erfahrung auf weißen, leeren Blättern verschiedene Charaktere zum Leben zu erwecken. Ich durfte miterleben, wie sich mit jedem Satz die Persönlichkeit der Figuren formte. Wie die Geschichte ihren eigenen Weg wählte, die zu ihr passende Formulierung forderte.

Nicht jede Idee ist aufgegangen. Manches, so scheint es mir, möchte nicht aufgeschrieben werden. Zumindest nicht für dieses Buch. Andere Ideen entstehen. Sie scheinen mich prüfen zu wollen. „Mach erst mal das hier. Wenn du dich bewährst, wenn du wirklich darin aufgehst, kommen wir zu dir. Dann wird auch diese Geschichte aus dir rausfließen." So scheinen manche Ideen die ich habe zu mir zu sprechen. Ich bin gespannt, wie es weiter gehen wird. Noch bin ich unterwegs. Gleich, wenn ich in der Stadtwohnung angekommen bin, möchte ich mir in dieser Atmosphäre die Geschichten noch einmal durchlese und schauen, wie sie dort auf mich wirken. Warum? Weil ich in diesem Zuhause ein Stück weit anders bin als im Waldhaus. Und derzeit pendle ich noch zwischen diesen beiden sehr unterschiedlichen Welten.

Die letzten zwei Wochen waren intensiv dem Buch gewidmet. Es war eine sehr berührende Erfahrung, wie sehr die Menschen dort mich unterstützt haben, mir kreative Ideen zugespielten, die ich aufgreifen konnte, und die dadurch meine Geschichten so haben entstehen lassen, wie sie sind. Und darüber hinaus wurden mir der Raum und die Zeit gegeben, dass ich mich überhaupt erst hinsetzen konnte und schreiben. Die Selbstverständlichkeit, mit der die Tatsache als gegeben hingenommen wurde, dass ich ein Buch schreibe, hat mir ermöglicht, mich zu öffnen und mich einzulassen auf den kreativen Prozess des Schreibens. Dafür bin ich diesen wunderbaren Menschen sehr dankbar.

Mit diesem Nachwort, unterwegs im Bus, sozusagen zwischen den Welten geschrieben, schließe ich den Schreibprozess ab. Gleich, wieder in der Stadt angekommen, werden wir drei Autorinnen zusammensitzen, die Geschichten austauschen und an die faktische Umsetzung gehen. Der kreative Teil ist somit abgeschlossen. Ich bin sehr gespannt, wie es für mich weitergeht, welche Aufgaben jetzt auf mich zukommen. Besonders gespannt bin ich, ob ich weiteren Geschichten zum Leben verhelfen werde. Darauf freue ich mich. Wenn ich am Ende dieser Woche dann wieder ins Waldhaus zurückkehre, werde ich so manchen Schritt weiter sein als jetzt, am frühen Montagmorgen. „Alles wird gut" pflegt der Mann an meiner Seite häufig zu sagen. Und wenn er das sagt, dann ist es so!

Autoren

Birgit Schmidt

Birgit Schmidt ist ein Kind des Ruhrgebietes.

Sie wurde 1964 in Dortmund geboren und wuchs in Dortmund und Gelsenkirchen auf. In Essen studierte und promovierte sie in der Humanmedizin. Bis 2016 arbeitete sie dann als Gynäkologin im Krankenhaus und in eigener Praxis.

In ihrem zweiten Leben malt und fotografiert sie und schreibt Prosa und Lyrik. Bisher wurden folgende Kurzgeschichten von ihr veröffentlicht:

„Ihr Kinderlein kommet" in „Weihnachten im Pott" (Verlag Ruhrliteratur)

„Bruder Wolf" in „Der Winterwolf" (Verlag BoD, Hrsg. Elli H. Radinger)

„Hab keine Angst" in „Keller, Schlüssel" (Verlag Ruhrliteratur), neu veröffentlicht in „…und plötzlich ändert sich alles" (Verlag Just Tales)

www.birgitschmidt.ruhr
info@birgitschmidt.ruhr

Jenny Canales

Jenny Canales wurde in Santiago de Chile geboren und studierte an der Kunstakademie Chile. Schon früh interessierte sie sich für Kunstgeschichte und das dramatische Theater und wollte Sängerin oder Dichterin werden. Seit ihrer Jugend schreibt sie Gedichte in ihrer Muttersprache Spanisch, dafür holt sie sich ihre Inspiration aus persönlichen Erlebnissen und Erfahrungen.

1995 war Jenny Canales Mitglied in der Gruppe Gelsenkirchener Autoren, später gründete sie den freien Literaturkreis (LIGG) in Gelsenkirchen. In ihrem Atelier „Kunst in der City" finden regelmäßig Lesungen statt und Autoren aus Gelsenkirchen und der Region treffen sich dort. Es ist ein Raum zum Plaudern in deutscher, englischer und spanischer Sprache, für alle die Kunst und Literatur mögen.

2002 wurde ihr Gedichtband "Aus der Seele geschrieben" vom Noxxon Verlag Recklinghausen veröffentlicht. Farbig und facettenreich schildert sie ihre Gedanken über Gott, die Liebe oder das Leben in Südamerika.

www.kunstindercity.com
www.literaria-ligg.de
info@kunstindercity.com

Sylvia Schwietering

Sylvia Schwietering ist das, was man heutzutage einen Allrounder nennt.

Nach der Erzieher-Ausbildung widmete sie sich dem klassischen Gesang und verdiente ihren Lebensunterhalt durch Singen, kleinere Theaterengagements und verschiedene Nebenjobs in unterschiedlichen Branchen. Wichtig war ihr dabei, stets Menschen um sich herum zu haben und auch Verantwortung zu tragen, je vielseitiger, desto besser.

So führte ihr Lebensweg, der mit Musik und Pädagogik begann, in die derzeit ausgeübte Tätigkeit als Coach zur künstlerischen Persönlichkeit, wobei auch dort ihre Vielseitigkeit greift, und sie ebenfalls vielen Nicht-Künstlern neue Wege aufzeigt.

Regelmäßig hält sie Lesungen, um auch anderen Menschen die Freude am geschriebenen Wort zu vermitteln.

Die Geschichten in diesem Buch sind ihr Debüt als Autorin.

www.sylvia-schwietering.com
sylvia-schwietering@t-online.de